"그런 날은 혼자였다. 틀어 놓은 수도꼭지의 물처럼 의미 없이 엉겨붙어 흘러가는 시간이 아닌, 웅덩이처럼 내 곁에 고이는 시간. 그리하여 어떤 삶의 무늬로나마 내 안에 남아 원한다면 언제라도 다시 꺼내볼 수 있는 시간. 이 책에는 그렇게 혼자 있는 시간, 그 외롭고 즐거운 시간에 보낸 나의 생활이 담겨 있다."

조재도 수필집

그런 날은 혼자였다

2019년 11월 18일 제1판 제1쇄 발행

지은이   조재도
펴낸이   강봉구

펴낸곳   작은숲출판사
등록번호   제406-2013-000081호
주소   10880 경기도 파주시 신촌로 21-30(신촌동)
전화   070-4067-8560
팩스   0505-499-8560
홈페이지   http://cafe.daum.net/littlef2010
이메일   littlef2010@daum.net

ⓒ 조재도

ISBN 979-11-6035-072-2 03810
값은 뒤표지에 있습니다.

※이 책은 충남문화재단의 발간, 지원을 받았습니다.

조재도 수필집

그런 날은
혼자였다

누구에게나 마음이 편안해지는
시간이 있다. 나는 산, 책, 글, 홀로 있는 시간, 평화와 같은 친
구들과 함께 있을 때 마음이 편해진다. 이 친구들은 무엇보다
나를 행복하게 해준다. 책을 읽거나 글을 쓰거나 산에 가거나,
게다가 마음과 주위마저 평화롭다면 나는 더 바랄 게 없다. 이
친구들은 나를 끌어당긴다. 단순하게 하고 집중하게 한다. 아
무리 자주 만나도 싫증나지 않는다. 또 어떤 것보다 가치가 있
다. 이런 좋은 친구들과 내가 있다는 게 정말 좋다. 나를 행복
하게 해주니 나도 이 친구들을 잘 지켜줘야 한다. 그래야 내 일
상의 '작은 행복'이 부스러지지 않을 거다.

글을 길게가 아닌 짧게 쓰려고 했다. 그러다 보니 글이 짧
아졌다. 그런데도 할 말은 다 해졌다. 그럼 됐다고 생각했다.

그런 날은 혼자였다. 틀어 놓은 수도꼭지의 물처럼 의미 없이 엉겨붙어 흘러가는 시간이 아닌, 웅덩이처럼 내 곁에 고이는 시간. 그리하여 어떤 삶의 무늬로나마 내 안에 남아 원한다면 언제라도 다시 꺼내볼 수 있는 시간. 이 책에는 그렇게 혼자 있는 시간, 그 외롭고 즐거운 시간에 보낸 나의 생활이 담겨 있다. 하루를 어떻게 보내고, 무슨 일을 하며, 무엇에 사로잡혀 생각의 골목을 헤집고 다녔는지, 그러다 때로 멍해졌는지, 그런 것들이 비 온 후 진 길에 난 강아지 발자국처럼 찍혀 있다.

지난여름 가끔 가는 시골집에 참외를 갖고 간 적이 있다. 아는 이가 참외 한 상자를 주었는데 한두 개 깎아먹고 시골 가는 길에 가져간 것이다. 이웃들에게 한 두 개씩 나눠드렸는데, 때마침 집 앞 고추밭에 엎드려 일하는 분이 있어 드렸다. 그랬더니 그 분이 낫을 들고 나와 그 자리에서 하나씩 깎아먹자고 했다. 밭고랑에 앉아 여든 넘은 할머니와 이런저런 이야기를 하며 참외를 깎아 먹는데, 단내를 맡고 벌이 날아들었다. 손사래로 몇 번을 쫓아도 닝닝거리며 날아가지 않았다.
이 책에 실린 글들이 벌을 부르는 참외의 단내 같기를 바라본다.

2019년 10월
조재도

목차

1부 야생

처음 본 꽃 12

나무의 먼 길 14

산악자전거 17

돌탑 21

야생의 거리 23

할미꽃 25

산안개 27

자연의 섭리 28

겨울 산 32

2부 팔린 밭

쥐의 마음 36

천 원짜리 한 장 38

저녁나절 삶의 향기 41

팔린 밭 44

조화석습 48

카톡 50

닭 이야기 53

불모임 57

모기장 60

졸음 62

오리와 고양이 64

생명, 그 악착같음 67

3부 돌멩이 미역국

시골집 70

시골집 안방 74

아버지 79

양동이 오줌통 85

간장종지엔 간장을 담아야 옳다 87

낫 90

고개 93

문패 95

돌멩이 미역국 97

납작 쥐 99

함석지붕 102

달력 105

4부 호랑이를 그리려다

글밭 108

좋은 글 110

책 이야기 113

추억 115

작가와 말 121

여덟 살 어린이의 작품 평 125

상상력은 어디에서 오는가 129

호랑이를 그리려다 132

5부 생활의 온도

생활의 온도 134

심심함에 대하여 138

복숭아 사랑 142

천재일우 144

세상이 맑아지는 자리 145

통마음 148

혼자라는 좋은 친구 153

외로움에 대하여 155

연암 박지원 160

걱정거리 163

불꽃같은 한 문장 165

비교의 함정 168

소의 털 170

반경 50리 173

무위를 살자 175

1부

야생

처음 본 꽃

2월 9일 오전 11시쯤 나는 올해 처음 꽃을 보았다. 늘 다니는 태조산 산행에서 돌아오는 길이었다. 개나리꽃이었다. 볕이 잘 드는 아파트 옹벽에 개나리 줄기가 늘어져 있는데, 그 중 한 가지에서 꽃이 피었다.

영하 5도의 한파에, 맵찬 바람이 할퀴어 체감온도는 영하 10도가 넘는 날이었다. 하늘을 뒤덮은 눈보라가 하얗게 잿빛 허공을 후벼 파는 날이었다. 그런 날에 꽃이 피었다.

그러고 보니 입춘이 닷새 전에 지났다. 나는 입춘을 들 입(入)이 아닌 설 립(立) 자를 쓴 선인들의 지혜를 생각했다. 그렇다. 봄은 우뚝 서는 것이다. 선다는 것은 절세(絶世)의 의미가 있다. 이전 것과 선을 긋고 돌올하게 우뚝 선다는 것이다. 겨울이라는 과거의 기준으로 판단해서는 도저히 이해 불가능한 상태, 이전 세계와의 불연속적 단절, 그

로 인해 새로운 세상으로 우뚝 서 나오는 게 봄이다. 봄은
한 해의 첫 계절로 이전의 겨울과 차원을 달리한다. 뭇 생
명을 밀어 올려 우뚝한 봄.

　내가 본 개나리꽃도 땅 속에 녹아 있는 봄기운을 가지
끝으로 밀어올린 것이다. 보이지 않는 생명의 발전소가 가
동하여, 개나리꽃이라는 작고 노란 등불에 환한 빛이 들
어오게 한 것이다.

　개나리꽃.
　햇병아리 발자국을 닮은 꽃.
　흔한 꽃.
　흔해서 내가 좋아하는 꽃.
　당신은 올해 어떤 꽃을 처음 보았나요?

나무의 먼 길

나무에게도 가야 할 먼 길이 있다. 꽃을 피우기 위한 길이다. 꽃은 나무의 자손인 열매를 맺는 식물의 생식기이다. 어떤 시인은 봄을 '몸'이 두 팔을 한껏 벌리고 기지개를 켠다고 표현했다. '봄'과 '몸' 두 글자의 유사성에 착안한 표현이지만 햇냉이 넣고 끓인 된장국만큼이나 맛이 상큼하다.

적산온도라는 게 있다. 식물의 발아나 개화 등 어떤 생리적 현상이 일어날 때까지 필요로 하는 일정한 온도를 말한다.

개나리든 진달래든 제비꽃이든 꽃 한 송이가 피어나는 과정을 생각해보자. 언 땅이 풀려 흙이 부드러워지면서 뿌리 옆에 물기가 흐른다. 물기의 서늘함에 겨우내 깊은 잠에 빠져 있던 뿌리가 잠에서 깨어난다. 뿌리는 지하의 물을 빨아들여 힘껏 땅 위 줄기와 가지로 수액을 밀어 올린다.

지상에선 어떤가. 날로 두터워지는 봄 햇살을 받아 가지마다 도톰도톰 망울이 맺힌다. 꽃망울과 잎망울들이다. 몇 날 며칠 쌀랑한 초봄의 햇살 아래 망울은 천천히 부푼다. 물고기들이 입을 발씬거리며 물속에서 숨을 쉬듯, 그렇게 내리쬔 햇빛이 차곡차곡 식물의 내부에 쌓여, 그것이 일정한 양에 이르면 망울은 부르터 꽃망울을 터뜨린다.

식물의 유전자 어딘가에 개화의 스위치가 있어 작동하는 것이다.

꽃을 피우기까지 풀과 나무들이 가는 먼 길.

나무는 그 길고 고단한 작업을 기꺼이 감내해 꽃을 피운다.

멀리 가는 사람은 아름답다.

한 가지 일에 오랫동안 전심전력을 기울인 사람은 아름답다.

우리는 그 사람이 피운 꽃을 보지 못할 수도 있다. 그러나 꽃은 보지 못해도 그 향기는 맡을 수 있다. 한 길을 평생 걸어온 사람의 향기. 그의 미소와 눈망울과 발자국과 옷소매에서 피어나는 향기. 이루진 못했어도 이루려 한 뜻에서 우러나는 찬물 같은 정신에 우리는 이끌린다.

나무가 꽃을 피우기까지 저장한 햇빛의 양을 적산온도라고 한다면, 뜻을 품고 멀리 간 사람의 발자국은 '적산의 거리'라 할까?

가까운 것이 쌓여서 먼 것이 된다.

산악자전거

　　　　산에 다니면서 내가 처음 등산
스틱을 산 게 5년이 채·안 된다. 전에는 스틱 없이 다녔다.
초봄에 심하게 미끄러져 넘어진 후 스틱을 샀다. 날이 풀려
땅의 겉만 녹고 속은 녹지 않았는데, 내리막길에 그만 넘어
져 한 달 가까이 고생한 적이 있다.

　스틱을 처음 샀을 때의 느낌이 지금도 생생하다. 4단 접
이식인데 매장 불빛을 받아 차갑게 빛나던 것이 이물스럽
기만 했다.

　지금은 습관이 들어 스틱 없이 산에 가면 허전하고 이상
하다. 몸의 균형을 잡고 체중을 분산시켜 무릎 관절을 보
호해준다는데, 그보다 나에게 스틱은 산행 길에 늘 같이
하는 길동무쯤 된다.

　처음 스틱으로 땅을 짚을 때는 날카로운 끝이 나무뿌
리나 풀포기에 닿지 않도록 조심했다. 뭇 생명을 품고 있

는 산에 쇠로 된 스틱은 어쨌든 흙과 생명에 적대적이고 폭력적이어서였다.

그런 어느 날.

그날도 깊은 생각에 잠겨 산을 오르는데 난데없이 "비켜요" 하는 외마디 소리가 들렸다. 나는 사태를 파악할 겨를도 없이 무언가 나를 향해 돌진해온다는 위급함에 나도 모르게 몸을 웅크린 채 옆으로 비켜섰다. 순간 가슴이 섬뜩했다.

그때였다. 산악자전거를 탄 열 명도 더 되는 사람들이 바람을 가르며 나를 스쳐 밑으로 돌진해 내려갔다. 모두 몸무게가 100kg 이상 될 건장한 남자들이었다. 나는 순간적으로 화가 치밀어 "야, 야!" 소리쳐 불렀다. 나중에 어떻게 되든 무례하기 짝이 없는 저들의 만행을 보고 있을 수만은 없었다. 그러나 그들은 그야말로 순식간에 산굽이를 돌아 산 아래로 사라져 버렸다.

나는 황당하고 기가 막혀 말이 나오지 않았다. 두근두근 요동치는 가슴이 가라앉지 않았다. '뭐 저런 것들이 다 있어.' 하는 불쾌한 생각뿐이었다. 다시 산을 오르는데 갈수록 화가 뻗질러 올랐다. 그들이 자전거를 타고 내려온 곳마다 성한 데가 하나도 없었다. 산 곳곳이 흉측하게 뭉개져 있고, 붉은 토사가 흘러내려 골이 깊게 파였다. 껍질이 벗겨진 나무뿌리와 줄기들이 허연 진액을 흘리고 있었다.

나는 정말 깜짝 놀랐다. 지금까지 산을 오르내렸지만 이런 처참한 광경은 처음 보았다. 까뭉개진 흙구덩이에 돌자갈이 나뒹굴고, 끊어진 나무뿌리와 뒤집어진 풀뿌리들이 허공에 하얗게 질려 있었다. 나는 휴대폰 카메라로 뭉개진 현장을 모두 찍었다. 산악자전거의 만행을 고발하기 위해서였다.

시청 공원관리과로 전화했다. 담당 직원이 하는 말은 이러했다.

"산악자전거는 오토바이와 달리 불법이 아니라서 법적으로 단속할 근거가 없습니다."

그들도 동호회를 만들어 취미 활동 하는 거라 어쩔 수 없다고 했다. 그러면서,

"저희가 산악자전거 사용을 자제해 달라는 현수막을 제작해 걸 테니, 장소를 말해 주세요."

며칠 후 시에서 제작한 현수막이 산 입구에 걸렸다. 코딱지 만해 눈여겨보지 않으면 보이지도 않을 크기였다.

그 후에도 산악자전거에 의한 산림 훼손은 계속되었다.

나는 고심 끝에 자구책으로 그들이 내려온 길목에 나무토막을 가져다 놓았다. 일종의 바리케이트를 친 셈이다. 몇해 전 시에서 공공근로사업으로 인부를 사 산의 불필요한

나무를 베어낸 적이 있는데 그때 쌓아둔 것들이었다. 그동
안 나무는 구새 먹고 속이 썩어 버석거렸다. 그렇다고 가
볍진 않았다.

　산에 갈 때마다 그 일을 했다. 그러나 공 들인 일이 수포
로 돌아가기엔 한 순간이면 족했다. 언제 또 산악자전거가
지나갔는지 흙은 까뭉개지고, 내가 가져다 놓은 나무토막
은 두 동강이 나 나뒹굴고 있었다.

　봄이 온 요즘 나는 산악자전거 때문에 기분이 몹시 우
울하다.

돌
탑

　돌탑이 있었다. 웬일인지 그 돌탑
은 무너져 있을 때가 많았다. 그런가 보다 하며 무심히 지
내다 보면 또 언제 그랬냐는 듯 제대로 쌓여 있었다. 무너
지고 쌓이길 반복했는데, 여름과 겨울에 더 심했다. 나는
방관자로 도대체 누가 돌탑을 쌓았는지 궁금하면서도 알
려고 하지 않았다. 한 번은 중늙은이 어떤 사람이 무너진
돌탑을 쌓고 있었다. 말을 붙여 내막을 알아보고 싶었지만
그를 곁눈질로 두어 번 바라보았을 뿐 그냥 지나쳐버렸다.
　그 돌탑이 아예 무너져 있었다. 탑을 쌓던 사람이 이사를
갔는지 병에 걸려 자리에 누웠는지, 가을 겨울 두 계절이 다
가도록 탑은 무너진 채였다. 여기저기 널려 있는 크고 작은
돌들이 보기에 좋지 않았다.

　새봄이 되어 내가 탑을 쌓기로 했다. 나는 먼저 탑이 왜

그렇게 자주 무너졌는지 원인을 알아보았다. 무너진 돌을 걷어내고 밑을 보니 탑 가운데 땅바닥이 흙으로 도도록하게 솟아 있었다. 처음 쌓을 때 산에 돌이 부족하다보니 탑 아랫부분을 흙으로 채웠는데, 그 흙이 여름엔 비에 젖고 겨울엔 추위에 얼다 녹다 하면서 탑이 무너진 거였다. 밑이 허약하니 위가 위태로웠던 것이다. 나는 흙을 걷어낸 후 돌로만 좀 작게 쌓기로 했다. 나뭇가지로 땅바닥에 둥그렇게 원을 그린 후 쌓기 시작했다. 큰 돌을 바깥에 놓고 잔돌로 속을 채웠다.

탑을 쌓되 한 번에 돌을 세 개 이상 놓지 않기로 했다. 그러니까 한 번 산에 갈 때 크든 작든 돌 세 개만 놓고 내려가기로 했다. 급히 쌓으려면 한나절이면 다 쌓을 탑이었다. 천천히 쌓는대도 3일이면 다 쌓을 규모였다. 그런 돌탑을 나는 하루에 돌 세 개씩만 놓기로 한 것이다. 단박에 그 일을 해치우고 싶은 조급함 대신 여러 날에 걸쳐 천천히 쌓기로 한 것이다.

돌탑을 완성하는데 한 계절이 걸렸다. 내심 만족감과 성취감이 뿌듯하게 차올랐다. 지나는 사람 중에는 돌탑 앞에 두 손을 모으고 공손히 예를 드리는 이도 있었다. 내가 쌓은 돌탑이지만, 돌탑에 깃든 신성함을 나도 느꼈다. 과장된 말이지만 어떤 종교의 탄생을 보는 듯했다.

야생의 거리

        산행하면서 태조산 사계절 모습을 카메라에 담았다. 주머니에 휴대폰을 넣고 다니며 눈에 띄는 것들을 그때그때마다 찍었다. 성능 좋은 카메라를 사용하지 않았다. 성능이 좋을수록 인위(人爲)가 가미되기 때문이다.

  움직이지 않는 것들은 잘 찍을 수 있었다. 움직이는 것들은 찍을 수 없었다. 그동안 산에 다니며 나는 고라니, 청설모, 다람쥐, 산토끼, 들고양이, 삵(?), 두더지, 그리고 여러 종류의 새와 거미와 벌과 벌레들을 보았다.

  이 모두 찍기 어려웠다. 조금이라도 내가 가까이 가면 녀석들은 금세 도망쳤다. 처음엔 몹시 서운했다. 잠시 기다려주면 안되나 하는 심정에 야속하기까지 했다. 그렇게 허탕을 거듭하다 보니 한 가지 생각이 떠올랐다. 언제부터 인간과 야생동물이 저렇게 적대적이 되었을까? 야생이란 산이

나 들에 사는 것보다 사람을 보면 무조건 도망가는 것이구나. 그렇게 생각하자 야생이 문득 고맙게 느껴졌다. 사람을 보고도 도망가지 않는다면 산과 들은 벌써 야생동물의 살육의 장이 되어 멸종되었을 것이기 때문이다.

오늘 산에 가는데 조붓한 산길에 어린 고라니 새끼가 한 마리 서 있다. 순간 자세를 낮추고 무릎걸음으로 살금살금 다가갔다. 주머니 속 휴대폰을 꺼내 사진 찍을 준비를 했다. 산머루 같은 까만 눈으로 나를 응시하며, 고라니는 내가 다가간 만큼 발걸음을 떼어 나와의 거리를 유지했다. 절대 그 이상의 거리를 허락하지 않았다. 다가가면 멀어지고 다가가면 멀어졌다. 그러다 결국 고라니는 내 시야에서 벗어나 산속으로 사라졌다. 이번에도 나는 사진 찍기에 실패했다. 그러나 고라니가 허락하지 않은 거리 그 간격이 고마웠다. 그 간격이 없다면 야생일 리 없다.

그러고 보면 야생은 평화의 거리이다. 자연이 인간과 야생동물 사이 마련해 놓은, 더 이상 가까워져서는 서로에게 곤란한 거리. 자연은 인간과의 거리가 좁혀질 때 파괴되고, 거리가 유지될 때 제 본성을 간직한다.

내가 아는, 태조산에 오르는 길
이 열군 데가 넘는다. 그 중 하나가 내가 사는 아파트 뒤
쪽으로 나 있는 길인데, 그 길 따라 가다보면 돌탑이 나오
고, 더 가면 정상 가는 길과 태조 왕건이 머물렀다는 유왕
골 그리고 약수터 길이 나온다. 약수터 쪽으로 방향을 잡
아 가면 성거산 가는 길이 나오는데, 그 어름 어딘가에 할
미꽃 피는 곳이 있다. 내가 알기로 태조산에서 할미꽃이 피
는 곳은 그곳뿐이다.

나는 어려서 할미꽃을 무서워했다. 다른 꽃과 달리 할
미꽃은 무덤가에 피었기 때문이다. 게다가 하얀 털이 자잘
하게 나 있는 잎과 약간 도톰한 붉은 자줏빛 꽃잎이 사람
의 피 같아서였다. 꼭 죽은 할미가 꽃으로 환생한 것 같았
는데, 꽃이 땅을 향해 굽어 있는 것도 할미꽃의 불길함을

25

더해주었다. 그런 할미꽃을 손가락으로 주저주저하며 만져보면 보드라운 것이 붉은 주단 같아서 마음이 조금 놓이긴 했다.

그런 할미꽃을 보지 못한 지 수십 년이 지났다. 그러다 요즘 산에 다니며 할미꽃을 다시 보았다. 처음 보았을 때의 그 경이로움이란. 할미꽃은 여러 해 동안 그 자리에서 내가 오기를 기다렸다는 듯이 고개를 숙이고 수줍게 피어 있었다.

사람에게는 누구나 작지만 의미 있는 것이 있다. 여행에서 주워온 돌이든 한 포기 난이 들어 있는 화분이든 어떤 음식이든 기념품이든 의미의 애틋함이 서려 있는 게 있다. 그것들이 인생에 갖는 의미는 각별하다. 그것들은 하나의 사물이 아닌 나라는 존재와 연결되어 있는 신성함이다. 나에겐 어려서 무덤가에서 보았던 할미꽃이 그런 꽃이다.

산에서 만나는 사람 아무나 붙잡고, 이 산에서 할미꽃 피는 곳을 아는 사람은 나뿐이라고 마구마구 자랑하고 싶다.

산안개

비가 오면 우산을 쓰고 산에 갈 때가 있다. 우산에 듣는 빗소리가 좋기도 하거니와 비에 젖은 산길이 호젓해서이다. 그런 날에 산을 오르면 산안개가 끼어 있기 마련. 어느 때는 안개가 부옇게 시야를 가려 바로 앞도 분간하기 어렵다. 돌 자갈에 미끄러지고, 웅덩이에 빠지고, 나뭇가지에 우산이 걸려 몸이 휘청대기도 한다. 바람이 안개를 몰아와 앞이 안 보이기는 마찬가지이다. 그런 때 무덤 근처라도 지나게 되면 혹 귀신이라도 튀어나오지 않을까 하는 오싹한 생각.

수백 번도 더 다녀 손금 보듯 훤한 길인데, 잠시 산안개에 가려졌다고 이런 망상에 사로잡힌다. 아무리 눈을 크게 뜨고 정신을 똑바로 차리려 해도 그런 망상이 좀처럼 가시지 않고 산안개처럼 춤을 춘다. 눈에 보이지 않는 것이 눈에 보이는 것보다 사람 마음을 더 불안하게 한다.

자연의 섭리

　　가을 산에 들면 나뭇잎 사이사이
비치는 투명한 햇살이 좋다. 말라 가는 나뭇잎의 뒷면까지
환하게 비추어 마치 나무의 영혼마저 볼 수 있을 것 같다.
정적이 낙엽의 두께로 켜켜이 쌓인 산길을 가다보면 툭, 투
둑, 머리 위에서 나무 열매 떨어지는 소리를 듣는다. 올려
다보면 청설모나 다람쥐란 놈이 상수리나무 등을 타고 내
달리거나, 오물오물 볼주머니를 부풀리고 무언가를 먹고
있기 일쑤다. 가을 산은 그렇게 깊어간다. 쇠리쇠리 얇아지
는 볕에 차가운 가을 기운의 냉기가 감돈다.

　　그런데 언제부턴가 이런 가을 산에 불청객들이 나타나기
시작했다. 늙수그레한 할머니 할아버지들이 배낭이나 쇼핑
백을 들고 햇빛 가리개 모자를 쓰고 다니며 산의 상수리
나 도토리를 줍는 것이다. 뿐만 아니다. 돈 될 만한 것이

면 무엇이든, 하다못해 사람 입에 들어가는 것이면 무엇이든, 닥치는 대로 줍고 털고 꺾어 가는 것이다. 산 아래 아파트에 사는 노인들인데, 이 숲의 약탈자들은 산의 옆구리에 살면서 운동 삼아 산을 오르며 열매란 열매 꽃이란 꽃을 모조리 갈취해 간다.

나는 올 가을에 들국화를 보지 못했다. 일부러 들국화를 보려고 눈 씻고 찾아보아도 들국화 보기가 꿈에 떡 맛 보기였다. 들국화 차 만드는 회사에서 돈 몇 푼 주고 사 간다는 말에 너나없이 아파트 노인들이 죄다 꺾어 갔기 때문이다.

오늘도 산에 가니 상수리나무 밑을 더듬는 노인네가 있다. 부부인 듯 여자 하나 남자 하나가 서로 간격을 두고 떨어져서 나무막대로 풀덤불을 헤치며 도토리를 줍고 있다. 하는 짓이 밉살스러워 퉁박이나 주려고,

"많이 있어요?"

"남들이 다 주워 가서 별 것 없네요."

"그거 주워다 묵 해 먹나요?"

"그렇죠."

"묵 하려면 손이 많이 갈 텐데."

"그 재미로 하는 거죠. 주워서 말리고 믹서기에 갈아서…."

"묵이 그렇게 먹고 싶으면 마트에 가 하나 사다 드세

요."

"먹자는 것보다 이렇게 산에 와 줍고, 주어다 말리고, 그
게 재미죠. 운동도 되고."

"그래도 그게 다 이 산에 있는 다람쥐나 짐승들 먹이인
데, 그렇게 주어가면 어떡해요?"

"우리만 그러나요? 부지런한 사람들은 벌써 몇 말씩 주
웠어요."

더 이상 할 말이 없었다. 생각 같아서는 좀 더 야멸차게
쏘아부치고 주워 모은 도토리도 엎어버리고 싶은데 이쯤에
서 그만 헛김이 빠지고 만다. 무엇이든 더 가지려는 인간의
욕심이 적나라하게 드러난다.

언젠가 책에서 본 내용이다. 다람쥐는 밤이나 상수리 도
토리 같은 것을 주워 여기저기 땅에 묻는다. 눈 쌓인 겨울
에 양식으로 삼기 위해서다. 그런데 재밌는 것은 다람쥐가
주워 묻은 것 가운데 약 2/3는 다람쥐가 기억하고, 나머지
1/3은 기억하지 못한다는 것이다. 그리고 그 기억하지 못
하는 것에서 이듬해 봄 나무의 싹이 돋는다. 그러니까 다
람쥐는 결국 그 나무의 자손을 퍼뜨려 주는 역할을 하는
셈인데, 여기서 다시 한 가지 생각이 갈래쳐 나간다. 그렇다
면 다람쥐의 배후 조종자가 나무 아닌가? 나무는 다람쥐
에게 수고비로 자기 열매를 겨울 양식으로 주는 대신, 자기
자손을 퍼뜨려 달라고 뒤에서 배후 조종하는 게 아닌가.

생각이 이에 미치니 나무들이 대단하게 보였다. 평생 한 자리에 붙박혀 있어 아무 일도 안하는 것처럼 보이는 식물들의 생존전략이 부산하게 바삐 움직이는 동물들보다 훨씬 윗길인 게 분명해 보였다.

다람쥐의, 자기가 묻어놓은 1/3을 기억 못하게 한 이 '기억의 함정'이야말로 나무들의 생존 전략이자 자연의 섭리가 아니겠는가.

겨울산

산에 혼자 간다. 다른 이와 약속하기도 번거롭고, 여럿이 가면 호젓한 맛이 떨어진다. 조용히 산길을 걷다 보면 삶에 중요한 몇 가지를 터득할 때도 있다.

그날은 아침 일찍 산에 갔다. 눈 덮인 산길을 맨 처음 걸어보고 싶어서였다. 산은 지난밤 내려쌓인 눈으로 은백의 설경을 이루었다. 발에는 아이젠, 손에는 스틱, 두꺼운 방한복 차림으로 몸을 감싸고 모자에 마스크까지 썼다.

얼어붙은 눈들이 서릿발처럼 곧추서 발을 딛을 때마다 사박사박 저벅저벅 살얼음 부서지는 소리가 난다. 바람에 몰린 눈들이 상수리나무 밑동에 하얗게 붙어 있다.

"벽오동나무 밑동을 적시는 가을비"

문득 박용래 시인의 시 구절이 생각난다.

얼어붙은 아침 공기 속으로 허연 입김이 뜨겁게 흩어진다. 푸 – 푸, 헉헉대며 산을 오른다. 눈에 덮인 돌부리에 채여 몸이 휘청댄다. 그러고 보면 인생은 큰 산에 걸려 넘어지는 게 아니라 작은 돌부리에 걸려 넘어진다.

어려서 외풍이 심했던 시골집, 물 대접을 머리맡에 놓고 자면 다음 날 아침 그 대접이 터져 있었다. 진짜 추운 날엔 아침에 문고리가 손에 쩍쩍 달라붙었다. 외양간에 가 보면 밤새 되새김질한 소의 턱 밑에도 고드름이 달려 있었다. 그땐 그렇게나 추웠다. 뼛속까지 아렸다. 지금은 추워도 그 정도는 아니다.

산을 오를수록 군데군데 소나무들이 부러져 있다. 나무줄기가 언 데다 내려 쌓인 눈의 무게를 견디지 못해 와지끈 부러진 것이다. 겨울 산에 때 아닌 솔향기가 가득하다. 새들이 나뭇가지 사이 여기저기 옮겨 다니며 난다. 아차, 하는 생각에 아쉬움이 크다. 오늘따라 주머니에 아무 것도 넣어오지 않았다. 눈이 많이 오면 산짐승들 먹이가 눈에 덮이기 마련. 잡곡이나 야채 과일 따위를 가져다 양지 바른 곳에 놓아주곤 하는데, 오늘따라 잊고 나온 것이다. 딱새 몇마리가 잡목 가지에 앉아 빈 부리질을 하고 있다. 얼음 섞인 바람이 맵차게 얼굴을 할퀸다. 장갑 속 손가락이 곱다. 차츰 몸에 열기가 오른다.

이제부터 산행이 본궤도에 오른다. 오르막길, 한 발 한 발 내딛을 때마다 스틱을 짚고 발가락에 힘을 주어 몸을 앞으로 민다. 비탈진 눈밭에 나무들이 하얀 솜에 바늘처럼 꽂혀 있다. 소복이 눈을 이고 서 있는 나무 나뭇가지들. 겨울 산이 조락의 가을 산보다 덜 쓸쓸하다. 가을 산은 뭔가가 몸에서 빠져나가는 것 같은데, 겨울산은 뭔가가 묵직이 채워져 있는 느낌이다. 눈 때문일까? 떨어져 두텁게 쌓인 낙엽 때문일까? 이불처럼 쌓인 흰 눈 밑에는 부엽토가 되어 뿌리로 돌아가는 나뭇잎들이 있다. 지난여름 광합성 작용을 하면서 나무의 부피를 한껏 부풀린 잎 잎들. 가을바람에 우수수 떨어진 붉고 노란 잎들. 숲의 바다에서 물고기처럼 마구 헤엄치던 나뭇잎들이 지금은 눈 밑에서 한 해의 순명을 다하고 있다.

겨울 산에는 굶주린 짐승들이 있다. 겨울 산에는 차디찬 고요의 속살이 있다. 겨울 산에는 한 해의 마지막 물상들이 겪는 변전이 있다. 홀로 산행을 하다보면 밀려드는 감회가 수도 없이 가슴에 파문을 일으킨다. 숨은 턱 끝까지 차올라 헉헉대지만 정신은 얼음처럼 맑고 차다.

2부

팔린 밭

쥐의 마음

퇴근 후 집에 와 옷을 갈아입는데 낌새가 이상했다. 누가 다녀갔나? 살펴보니 그런 것 같지는 않다. 그런데 아무래도 느낌이 이상하다. 분명히 누군가가 들어온 것 같다. 여기저기 살펴보아도 별 이상이 없다. 하여 부엌 싱크대 앞에서 돌아서려는데, 앗, 이건? 아침에 나올 때 밥에 넣을 서리밤콩을 물에 담가 놓았는데, 그릇의 물이 반쯤 엎질러져 있고 주의가 온통 흙투성이다. 수북하게 물에 불어 있어야 할 콩들도 껍질 몇 개만 남았을 뿐, 씻은 듯이 흔적이 없다.

엎드려 바닥을 짯짯이 살폈다. 아무래도 사람 손이 닿은 것 같지는 않았다. 그렇다면 쥐? 하면서 싱크대 문을 열었는데, 아니 이건 또 웬? 사라진 콩들이 배수구 옆에 소복하게 쌓여 있지 않은가. 나는 머리를 들이밀고 손바닥으로 바닥을 더듬어 진상을 살폈다. 밥풀만한 쥐똥도 서너 개 집혔다. 순간 소름이 오스스 돋았다.

어이가 없었다. 그러니까 쥐란 놈이 사람이 없는 대낮에 어딘가로 들어와 그릇의 물을 튀기고 난장질 치다 싱크대 구석에 콩을 물어다 놓은 것이다. 그렇다면 이놈이 어디로 들어왔담?

관리사무실에 연락했다. 주임이란 사내가 왔다.

"이리 들어온 규."

전에 가스 배관을 놓느라 뚫은 벽을 가리켰다.

"여길 막았어야 허는데, 공사하는 애들이…."

그러면서 쭈그려 앉아 쥐구멍 막을 함석을 오린다. 원인을 확실히 알았고 그이와 한두 마디 하다보니 구겨졌던 마음이 차츰 풀렸다.

"헌데 왜 하필이면 콩을 여기 구석에 물어다 놨죠?"

내가 싱크대 밑에 쌓인 콩 무더기를 가리키자,

"그걸 내가 워치게 안대유? 쥐 맘이쥬."

나를 돌아보며 그가 말했다. 듣고 보니 그럴 듯하여 둘이 크게 웃었다.

천원짜리 한 장

인터넷 중고서점에서 책을 한 권 샀다. 낸시 벤뱅가가 쓰고 문종원이 옮긴 『학대받는 아이에서 학대하는 어른으로』라는 책이다. 책은 잘 팔리지 않으면 얼마 못 가 품절되거나 절판된다. 좋은 책인데도 구하려다 보면 그런 경우가 있어 안타까울 때가 있다. 이 책도 그런 책이다.

폭력의 대물림에 대한 이야기는 이미 널리 알려져 있다. 책 제목대로 학대를 받고 자란 아이가 나중에 커서 학대하는 어른이 된다고 한다. 그럴 확률이 그렇지 않은 경우보다 일곱 배나 높다는 연구 결과도 있다.

내가 여기서 말하려는 것은 책 내용이 아니라 책을 구입하게 된 과정에서 있었던 일이다. 나는 이 책을 닥터 빈티지라는 중고서점에서 샀다. 배송 조회를 해보니 판매자는 경기도 안산에 살고 있었다.

주문 이틀만에 책이 왔다. 150쪽 정도 되는 얇듯한 책이었다. 속표지 안에 천 원짜리 한 장이 꽂혀 있고, 메모지에 다음과 같은 글귀가 정성스럽게 씌어 있었다.

"안녕하세요,~
구매 감사드리며,
주문하신 도서 살펴보던 중 약간의
밑줄이 발견되었습니다.
주문 취소하여야 하나 1,000원 동봉해서
일단 보내드리니 상품 수령 후 환불을
원하시면 연락주세요.
등록 시 꼼꼼하게 확인 못해 죄송합니다~.

책 정가는 6천 원, 중고 가는 2,200원. 택배비 2천원을 더해 내가 산 가격은 4,200원이었다. 본문에 밑줄이 있는 것을 발견 못하여 천 원을 환불하니, 주문을 취소하려면 연락해달라는 내용이었다. 나는 속표지에 꽂혀 있는 천 원짜리 지폐를 들고 요리조리 살펴보며 냄새도 맡아보았다. 우리 주변에 흔하고 흔한 게 천 원짜리였지만, 이 지폐는 수 천 년 지나 발굴된 고대의 화폐인 양 귀하게 느껴졌다.

판매자가 돌려준 천 원은 교환가치로서의 천원이 아니

다. 천 원짜리 한 장으로는 과자 한 봉지도 못 사고 시내
버스 차비도 하지 못한다. 판매자가 보낸 천 원에는 그 사
람의 인격과 양심과 문화와 종교와 신념과 상도가 들어 있
다. 이 시대에 널린 귀차니즘과 대충주의에 저항하는 정신
이 들어 있다.

　이 귀한 윤리적 가치는 어디에서 오는가? 나는 자발성에
서 온다고 본다. 자발은 자기 스스로 하는 것이다. 자기
스스로 원해서 가난하게 사는 자발적 가난, 스스로 원해서
하는 자발적 복종, 자발적 물러남 등이 그렇다. 자발적 행
동은 아름답고 숭고하다. 우리 사회의 기본 시스템은 '타
의적'이다. 다른 사람(주로 자본가나 권력자)의 뜻에 의해
대중은 사고하고 행동한다. 심지어 사소한 물건 하나 사
는데도 우리는 광고의 영향에서 자유롭지 못하다. 자기도
모르게 조작되는 것이다. 이런 거대한 주류의 흐름을 거슬
러 오르는 일이 자발성이다. 양심에 따라 보내온 천 원짜리
한 장에는 이러한 자발성이 들어 있다. 세상은 사람을 안아
주지 못한다. 사람이 세상을 안아주어야 한다. 그럴 때 세
상은 냉정에서 벗어나 따뜻한 기운을 얻는다. 자발적으로
보내온 천 원짜리 한 장에 그같은 온기를 느낄 수 있었다.

올여름 나는 동네 빵집에 자주
갔다. 하루종일 방에서만 틀어박혀 일하다 저녁때가 되면
사람 북적대는 곳이 그리웠다. 차 한 잔 시켜 놓고 의자에
앉아 바깥에 지나다니는 사람과 차를 구경하다 보면 쥐가
날 듯하던 머릿속이 훤히 트이는 것 같아 좋았다.

그날도 나는 빵집에 앉아 있었다. 도로 변에 승용차 한
대가 섰다. 그곳에 주차하면 주차 위반 단속에 걸리는 걸
모르는 것 같았다. 차 문이 열리고 네 명이 차에서 내렸다.
젊은 부부와 어린 두 딸이었다. 엄마 아빠 손을 잡고 두
아이가 깡충깡충 뛰었다. 빵집 문을 열고 들어왔다. 나는
아까부터 그들을 눈여겨보고 있었다.

매장에서 두 아이는 아주 신이 났다. 언니는 대여섯 살
동생은 서너 살 정도였다. 엄마 아빠가 빵을 고르는 동안

두 아이는 매장 여기저기를 뛰어다니며 놀았다.

빵을 산 부부가 아이들을 데리고 나갔다. 차 문이 열리고 엄마가 아이들과 함께 뒷좌석에 타고 아빠가 운전석에 탔다. 그런데 한참 시간이 지나도록 차가 출발하지 않았다. 나는 속으로 이상하다 여기며 그들을 계속 지켜보았다.

잠시 후 운전석에서 아빠가 내리더니 트렁크에서 어린이용 시트를 꺼내왔다. 그러더니 운전석 옆 자리에 시트를 장착하기 시작했다. 차 문을 열고 작업하는 남자의 엉덩이와 다리만 내 눈에 들어왔다.

그가 그렇게 일하는 동안 나는 차 안에서 있었을 일에 대해 상상해 보았다. 뒷좌석에 앉은 꼬마가 앞자리에 앉겠다고 떼를 썼을 테고, 엄마가 거긴 위험하니 그냥 뒤에 앉으라고 했겠고, 그런데도 꼬마는 막무가내로 떼를 썼고, 한참 달래 보았지만 소용이 없자 아빠가, 여보, 애들 시트 어디 있지? 물었을 테고, 글쎄, 뒤 트렁크에 있지 않나 대답했을 테고, 그 말을 듣고 아빠가 잠시 망설이다가 차에서 내려 시트를 가져오고….

이런 그림이 그려지자 이들 가족의 단란함이, 어린 딸을 위하는 젊은 부부의 마음 씀씀이가 따뜻한 물처럼 가슴에 고여 왔다.

시트 장착이 잘 되지 않는 것 같았다. 남자는 차 안에 상체를 구부려 넣은 채 작업을 계속했다. 그렇게 20여 분 넘게 작업한 후 남자는 둘째 꼬마를 안아다 앞좌석에 앉혔다. 그 후 차는 떠났다.

사라지는 차를 바라보는 내 눈에 눈물이 핑 돌았다. 콧등이 시큰하고 가슴이 먹먹했다. 멀리 있을 것 같은 생활 속의 행복과 평화가 거기 있는 것 같았다. 서너 살 꼬마의 터무니없는 주장을 윽박지르지 않고, 그 아이의 요구를 들어주기 위해 길에서 20분 넘게 시트를 장착한 아빠. 그리고 그 시간을 기다려 준 엄마.

성숙한 가족의 한때를 지켜보며, 지금까지 나는 가족을 위해 그래본 일이 있었나? 하는 의문이 들었다. 없었다. 이 나직하고 통렬한 물음에 가슴이 섬뻑 베어지는 것 같았다. 피치 못할 사정에 우리가 딸애와 같이 살 수 없어서였기도 하지만 그러나 그건 어디까지나 둘러대는 변명일 뿐이다. 가족 간에도 나는 내 일 내 생각을 먼저 앞세웠지 가족의 행복을 키우려 한 적이 없었다. 저녁나절 젊은 부부가 피워 올린 삶의 향기가 나를 울렸다. 뒤늦은 깨달음이 아프게 찔러 오는 저녁나절이었다.

팔린밭

어디서 포크레인 웅웅거리는 소
리가 들렸다. 나는 아파트 베란다에 나가 소리 나는 곳을
내려다보았다. 그런데 이게 웬일인가. 어제까지만 해도 멀쩡
하던 밭에 포크레인 두 대가 들어서 땅을 파헤치고 있었다.
나는 정말 깜짝 놀랐다. 가슴이 덜컥 내려앉았다. 며칠 전
마트에서 집 앞의 밭이 팔릴 거라는 말을 들었는데, 올 것
이 오고야 말았다는 느낌이었다.

나는 하루 대부분의 시간을 집에서 보낸다. 전에 아는
이와 우스갯소리로 이런 말을 한 적이 있다. 요즘 나의 하
루 생활을 한 글자로 말하면, 밥, 산, 글, 책, 잠이라고. 밥
먹고 산에 가고 글 쓰고 책 읽고 잠자는 게 내 생활의 전
부라고.
그렇게 단조롭게 지내고 있는 나에게 그 밭의 의미는 각

별했다. 책을 읽다 피로에 지친 눈을 식힐 겸 잠시 밖을 내다볼 때나, 저녁 무렵 하루 일과를 마치고 산책할 때 그 밭은 늘 내 곁에 있었다.

허름한 입성에 매일 출퇴근하듯 밭에 나와 일하는 사람이 누군지 궁금했다. 사내 옆에서 잔일을 거들며 종종걸음 치는 작은 키의 여자도 궁금했다. 아파트가 들어서기 전 원래부터 이곳에 살던 원주민이겠지 하는 정도로만 생각했다. 언제 한번 말을 붙여 봐야지 했지만 기회가 좀체 오지 않았다.

그러는 동안 밭은 제 역할을 톡톡히 해냈다. 밭은 사계절 언제나 생명의 씨앗을 품었다가 사람에게 돌려주었다. 울타리로 심어진 왕벚나무는 해마다 봄이 되면 벌들을 불러.모아 사월 하늘을 들끓게 했다. 자두나무와 매화나무가 심어져 있는 밭 귀퉁이에는 오이와 단호박 덩굴이 자라기도 했다. 앙클한 강낭콩 줄기가 해바라기 대를 타고 올라갔고, 물푸레나무 덤불에 참새 떼가 포르릉 날아들기도 했다. 늦가을 단풍나무는 또 얼마나 자지러지게 곱던가.

볼 때마다 밭은 내 유전자에 새겨져 있는 농촌생활의 정서를 불러 일으켰다. 밭은 도시의 아파트에 살고 있는 내 존재의 숨구멍이었다. 밭을 볼 때마다 어린 시절로 돌아가 어머니의 품에 안긴 듯한 근원적인 푸근함과 아늑함을 느꼈다. 밭을 보면 무엇보다 마음이 평화롭고 안심이 되었다.

봄이면 주인 사내는 비닐을 덮어 두둑을 만들었다. 수차
례 분주한 손길에 곱게 갈무리된 밭의 흙은 언제라도 생명
의 씨앗을 받아들일 어머니의 품처럼 부드럽고 아늑했다.
고추며 고구마며 방울토마토 옥수수 같은 풋것들이 그
밭에서 나왔다. 오이와 가지 상추와 쑥갓 무 배추 등속이
그 밭에서 길러져 나왔다.

그렇게 야무진 밭이었다.
아침저녁 늘 오가며 보아온 밭이었다.
이따금 영역 다툼하는 까치들로 시끄럽던 밭. 나팔꽃 덩
굴에 내려앉은 고추잠자리의 날개에 초가을 고요의 한나
절이 머무르던 밭. 비 온 후 자두나무 가지 사이 호랑거미
가 친 거미줄에 자잘한 물방울이 쟁알쟁알 맺혀 있던 밭.
나뭇가지 위에 놓아둔 라디오에서 귀에 익은 유행가 가락
이 흘러나오던 밭.
그 밭이, 햇볕에 그을린 사람처럼 거뭇거뭇한 밭이, 포
크레인 쇳날에 부드러운 가슴을 속수무책으로 내어주고
있었다.

나는 떨리는 가슴을 겨우 진정시키며 검은 쇳날의 횡포
를 뚫어져라 노려보았다.
땅을 파던 포크레인 기사는 땅 속에 묻힌 비닐이 삽날에
뒤엉키자 신경질적으로 포크레인을 흔들었다. 밭고랑도 이

랑도 몇 번의 삽질에 사그리 밀려, 검고 촉촉한 흙이 흉물스럽게 뒤집어졌다. 부러진 나뭇가지, 고춧대, 비닐, 나무말뚝 같은 허접쓰레기가 한곳에 모아졌다. 안전모를 쓰고 작업을 지시하는 사내가 분주히 오갔다. 덤프트럭이 들어와 쓰레기를 실어갔다.

오랜 세월 밭이었던 그곳이 한나절도 안 돼 이물스런 주차장으로 변해버렸다. 이제 내 기억 속에서나마 밭으로 남아 있을 그곳. 두꺼운 콘크리트 밑 질식한 채 흙 속에 묻혀 있을 뭇 생명들.

이제 그곳은 해가 바뀌어 봄이 와도 그저 한낱 주차장일 따름이다. 문명의 편리함을 위한 멋대가리 없는 주차장. 매연이나 뿜어대며 자동차가 들락거릴 그곳.

나는 앞니가 빠진 듯 마음이 휑하고 허전했다. 눈물이 삐죽 솟아나올 것 같았다. 이해타산을 최우선으로 하는 사회에서 이 같은 일에 대한 이치를 모르는 것도 아니고, 또 한두 번 겪는 일도 아닌데, 나는 왜 이런 광경을 볼 때마다 슬퍼지는가? 내 몸 한쪽이 무너지는 것 같은가? 정말 이럴 땐 어떻게 해야 하는가?

어제 오늘 청소년평화모임 회원
과 주소를 정리했다. 3월부터 발간되는 회보 준비와 앞으
로 일 년 동안 책과 회보를 발송할 회원에 대한 정리를 한
꺼번에 해야 해서 정신을 바짝 모으지 않으면 안 된다. 누
가 회비를 언제까지 냈고, 누구의 주소가 바뀌었고, 이런 것
들을 하나하나 점검하여 정리하려면 눈은 가물가물 목은
뻣뻣, 고양이 손이라도 빌렸으면 하는 마음이다.

회원을 정리하다 보면, 회비를 내지 않아 회원이 아닌 사
람도 그대로 회원으로 두는 경우가 많이 있다. 회원으로
두고 책과 회보를 여느 회원과 마찬가지로 보내준다. 탈퇴
하겠다는 뜻을 밝힌 사람에게도 그렇게 한다. 그렇게 묵혀
놓았다가 해가 바뀌는 2월 말쯤 정리한다.
왜 그렇게 하나 곰곰이 생각해 보았다. 회비를 안 내 회

원 자격이 없어지면 바로 명단에서 삭제하면 그만인데, 그렇게 하지 않고 시간이 많이 지난 후에야 정리했다. 그동안 모임을 여러 해 동안 하다 보니 들고난 사람들이 꽤 있었다. 그런데 거의 모든 사람을 그렇게 했다. 왜 그랬을까? 미련 때문에? 아쉬움? 혹시 다시 회원으로 돌아올까 하는 기대감에?

조화석습이라는 말이 있다. 아침 꽃을 저녁에 줍다, 라는 뜻이다. 그러니까 아침에 땅에 떨어진 꽃을 곧바로 쓸어내지 않고 온종일 기다렸다가 저녁이 되어서야 비로소 거둔다, 라는 말이다. 이 말에는 어떤 상황에 즉각 반응하지 않고, 한 발 뒤로 물러서 상황 전체를 고요히 관조하는 삶의 자세가 들어 있다 하겠다.

그러고 보니 나는 한때 청소년평화모임으로 나와 맺었던 인연들이, 그 우주적 실타래가 한 올 한 올 풀리어 관계의 기운이 서서히 흩어져 소멸할 때까지, 그렇게 애를 삭이며 기다렸던 것이다.

카톡

오래 전 일이다. 집에 일이 있어
원룸에서 산 적이 있다. 골치 아픈 일에서 벗어나 조용히
있고 싶어서였다. 그런데 문제가 생겼다. 딸이 서울에서 초
등학교에 다녔는데 딸과 전화를 할 수 없게 된 것이다. 원
룸에 전화를 놓을까 하다 생각지도 않게 휴대폰을 개통했
다. 016 번호의 전화였다. 그때 한 가지 기본을 정했다. 앞
으로 과학기술의 발전에 따라 수많은 전자기기가 나올 테
고, 그에 따라 우리 생활은 중심을 잃고 휘청거릴 게 뻔한
데, 언제까지 그렇게 기술 문명에 휘둘리며 살 거냐는 거였
다. 나는 휴대폰 개통을 마지막으로 다른 문명의 편리함
을 받아들이지 않기로 했다. 그리고 그에 따른 불편은 감
수하기로 했다.

그러던 중 카드 문제가 불거졌다. 너나없이 카드를 쓰는

데 나는 카드를 만들지 않겠다고 다짐했던 터라 카드 없이 생활했다. 그래도 큰 문제는 없었다. 현금을 마다할 가게는 없었으니까. 그러다 불편함이 쌓이기 시작했다. 인터넷 쇼핑몰에서 물건을 사려 해도 카드가 없으면 결제가 어려웠다. 그거야 까짓 거 안 사면 그만이었다. 그런데 더 불편한 일이 생겼다. 기차표를 예매하는데 카드로 하면 금방 하는 걸, 컴퓨터로 하려니 어느 땐 한 시간도 더 걸렸다. 현금결제 파일을 깔아야 하는데 툭하면 다운되어 말썽을 일으켰다. 그래도 버티며 카드를 만들지 않았다. 그러던 중 만들지 않을 수 없는 결정타가 있었으니. 문화재단에서 창작보조금을 받게 되었는데, 카드가 없으면 지급하지 않는다고 했다. 실무자에게 따졌지만 규정이 그래서 어쩔 수 없다고 했다.

결국 카드를 만들어 놓고 쓰지 않기로 했다. 내 주머니 속엔 늘 지폐와 동전이 절그렁거렸다. 카드를 안 쓰고 버티는데 또 문제가 생겼다. 이번엔 카톡이었다. 카톡이 생기자 카드 때처럼 사람들이 너나없이 그쪽으로 몰려갔다. 나만 혼자 강가에 버려진 잔돌처럼 주위가 썰렁했다. 카톡을 안 하자 왕따 정도가 아니라 이기주의자로 몰렸다. "아직도 카톡 안 해요?", "전화기가 폴더폰이에요?" 이런 말은 그렇다 치고, 아예 내 전화기를 빼앗아 카톡을 깔아주겠다고 덤벼드는 이도 있었다.

카톡뿐만 아니라 페이스북 같은 SNS를 안 하니 역시 불편한 점이 많았다. 함께 여행한 사람들에게 이메일로 사진을 보내주려 하는데, 벌써 자기들끼리 카톡으로 나눠가졌다고 했다. 경조사, 모임 소식, 그 외 모든 사소한 일까지 카톡을 통해 공유했다. 그런 일에서 배제되니 나는 시간이 갈수록 홀로 존재하는 섬이 되었다. 한 가지 좋은 점은 나를 배제시키는 카톡이 오히려 나를 보호해 준다고 할까? 몰라도 될 쓸데없는 것들을 알지 않으니, 그런 일에 신경 쓰지 않고 내 일에 몰두할 수 있다고나 할까.

과학문명을 이루어 놓은 것은 인간인데 왜 인간은 그 문명으로부터 소외될까? 디지털 문명이 발달하는 만큼 앞으로 인간은 더욱 스마트한 세상으로 진입할 것이다. 어쩌면 이제 스마트하지 않으면 인간이 아니게 될지도 모른다. 디지털 문명은 거스를 수 없는 거대한 흐름이다. 나의 버팀은 그 흐름에 막무가내로 휩쓸리지 않겠다는 다짐같은 것이다. 이렇게라도 해야 나와 세상 간 균형이 이루어질 것 같아서다. 그런데 왜 나는 자꾸 수레바퀴에 맞서는 사마귀처럼 느껴질까?

닭
이
야
기

어려서 나는 닭을 아예 옆구리에
끼고 살았다. 오죽하면 커서 어린 시절 닭싸움 이야기를 소
재로 『싸움닭 샤모』라는 소설로까지 썼을까?

울 밑에 새싹이 돋고 개나리꽃이 필 즈음이면 마당엔 이
제 막 알에서 깨인 병아리들이 암탉의 비호 아래 봄나들이
를 한다. 그런 때 마루에 앉아 좁쌀알갱이나 밥풀 같은 것
을 마당에 뿌리며 구— 구 하고 부르면, 여기저기 흩어져 있
던 닭들이 쏜살 같이 달려오는데, 그때 병아리들도 종종걸
음 치며 달려온다. 그렇게 달려오는 병아리 중에는 제 발에
걸려 나동그라지는 놈도 있었으니.

또 봄비가 추녀 밑에 보비작거릴 때 비가 들이치는 헛간
에서 날개를 둥그렇게 부풀리고, 어린 병아리들을 비에 젖
지 않게 품고 있는 암탉을 보노라면, 짐승이지만 깊고 따

뜻한 모성애에 가슴이 뭉클하곤 하였다. 그런 때 어미 옆으로 나와 여기저기 세상 구경 하러 돌아다니는 녀석도 있었으니, 나를 지켜주는 엄마라는 존재가 뒤에 있다는 믿음이 없다면 불가능한 일이었을 것이다.

병아리가 서너 달 자라면 약병아리가 된다. 성체가 되기 전 중닭, 곧 무른 닭을 말한다. 이 중닭을 살이 연하다고 해서 '연계'라고 하는데, 약으로 쓰인다 하여 '약계, 약병아리'라고도 한다. 여름에 흔히 먹는 삼계탕에 들어가는 닭이 이것이다. 이 연계에서 '영계'라는 말이 나왔음은 쉽게 짐작할 수 있는데, 영계는 흔히 나이 어린 여성을 속되게 일컫는 말로 연계에 대한 모독이 아닐 수 없다.

중닭에서 서너 달 더 크면 이제 닭이 된다. 암탉에 비해 수탉은 화려하고 몸집이 크다. 울음소리가 쟁명하여 서너 집 건너에서 울어도 그 소리가 또렷이 들린다. 암탉은 알을 낳고 수탉은 자기의 씨(정자)를 여러 암탉에게 뿌려 종족을 보존한다.

수탉의 울음소리를 흔히 '꼭끼오~' 이렇게만 아는데 잘 들어보면 그렇지 않다. '꼭끼오~' 다음에 반드시 '고모고모고모' 이런 소리를 낸다. 이 소리가 너무 작아 잘 안 들리는데 주의 깊게 들어보면 들을 수 있다.

수탉이 울음 끝에 '고모고모고모' 소리를 내는 데에는

전하는 이야기가 있다. 옛날 가난한 집에 며느리가 하나 들어왔다. 그런데 시어머니와 시누이의 구박이 그렇게 자심할 수 없었다. 특히 시누이의 야멸스런 멸시와 학대는 견디기 어려웠다. 밥그릇을 빼앗아 굶기는 건 예사요 걸핏하면 시어머니에게 고자질해 내쫓아버렸다. 급기야 며느리는 굶어 죽어, 죽은 혼이 수탉이 되었는데, 울 때마다 시누이를 원망하느라 '고모고모고모' 한다는 것이다.

암탉은 알을 낳을 때가 되면 골~ 골~ 하는 소리를 내며 알 낳을 자리를 찾는다. 주인은 그런 암탉을 위해 헛간이나 뒤꼍 후미진 곳에 알 낳을 자리를 만들어준다. 둥지 안을 옴쏙 들어가게 한 후 짚이나 헝겊으로 둘레를 도톰하게 둘러준 후 밑알 하나를 넣어준다. 처음에 암탉은 사뭇 경계하는 눈치로 머리를 쭈뼛거리며 둥지 안을 탐색하다 안전하다 싶으면 그곳에 들어가 알을 낳는데, 알 낳을 때 보면 반쯤 일어선 자세로 엉덩이를 약간 내린 채 알을 낳는다. 그 알이 바로 병아리가 되는 유정란이다.

알을 낳은 암탉은 둥지를 나오며 꼬꼬댁 꼭꼭꼭 하며 큰소리로 운다. 아마 암탉이 우는 소리 가운데 이때가 가장 클 것이다. 그 소리가 실팍하고 강단지다. 암탉은 사방에 '나 알 낳았다, 나 알 낳았어!'라고 소리치는 듯하다. 나는 어려서 암탉이 그렇게 우는 이유가 알을 낳고 똥꼬가 아파서 그러는 줄 알았다. 그런데 그게 아니라고 한다. 어느 글에선가 보니 암탉이 그렇게 우는 이유는 수탉을 부르는 소리라고 한다. "내가 당신 씨가 든 알을 낳았으니 빨리 와서 나를 위로해 주지 않으면 내가 낳은 알을 깨 먹을 거야" 이렇게 수탉에게 시위하는 거라고 한다. 실제로 암탉이 울면 그 때 어디선가 수탉이 쏜살같이 달려와 꾸–꾸 하면서, 한쪽 날개깃을 내려 펼치며 암탉을 맴돈다. 암탉의 볏을 가볍게 찍어주기도 하는데, 마치 내 씨가 들어 있는 알을 낳아주어 고맙다고 사랑 표현을 하는 듯하다. 그렇게 수탉의 사랑을 받은 후에야 암탉은 비로소 마음이 놓이는지 우는 소리를 그치고 일상으로 돌아간다.

알을 깨보면 알 껍질 속 한쪽에 얇은 막으로 된 공기주머니가 있다. 이곳이 부화할 때 병아리가 알 속에서 숨을 쉬는 숨구멍이다. 병아리는 알 속에서 이곳에 부리를 두고 숨을 쉰다. 암탉은 알을 품을 때 알이 잘 품어지도록 이리저리 돌려 놓는데, 아무리 그렇게 알을 돌려도 숨구멍 있는 쪽이 위로 가게 한다고 한다.

21일이 지나 드디어 병아리가 알을 깨고 나올 때, 암탉은 그 숨구멍을 쪼아준다. 그래야 알 속에 있는 병아리가 부리로 금이 간 알을 깨고 밖으로 나올 수 있다. 이른바 '줄탁동시'이다. 하나의 생명이 태어나기 위해서는 태어나려는 생명의 의지와 외적 조건이 맞아야 함을 의미한다. 생명의 신비가 아닐 수 없다.

불
모
임

　　　　　　　불모임을 하고 있다. 한 달에 한
번, 약간 명이 한다. 두 시간 넘게 먼 곳에서 오는 이도 있
다. 인원을 더 늘릴 수도 있지만 쉽게 늘 것 같지 않다. 왜
불모임인가? 그것도 아니 불(不) 자를 써서?
　다음 글은 조선시대 이덕무의 『천장관전서』 중 「선귤당
농소」에 들어 있다.

　蜣螂自愛滾丸 당랑자애곤환
　不羨驪龍之如意珠 불선여룡지여의주
　驪龍亦不以如意珠 여룡역불이여의주
　自矜驕而笑彼琅丸 자긍교이소피랑환

　말똥구리는 스스로 말똥을 사랑하여
　여룡의 여의주를 부러워하지 않고

57

여룡 또한 그 여의주로
말똥구리의 말똥을 비웃지 않는다.

여의주와 말똥은 하나는 최상이요 하나는 최하다. 위 글은 이 둘을 대비시켜 차별의 편견을 깨고 공생의 가치를 드러낸다. 누구나 각자 사는 삶이 있고 그 삶의 가치도 다르니, 자기 삶에 최선을 다하면 그뿐, 남을 부러워할 일도 업신여길 일도 아니라는 것이다.

이 글에 보면 '불선(不羨)'과 '불소(不笑)'라는 말이 나온다. 부러워하지도 않고 비웃지도 않는다는 말이다. 불모임의 아니 불 자는 이 말에서 가져왔다.

성품이 잔잔하고 욕심이 적은 사람. 매사에 최선을 다하되 꼭 뭘 이루려 하지 않는 사람. 건강과 수명과 정력을 타인과 비교하거나 그것을 위해 너무 덤비지 않는 사람. 작고 소박한 것을 귀하게 여기는 사람. 풍류의 멋을 아는 사람. 줏대가 있어 깐깐하되 속에 맺힘이 없는 사람. 세속에서 벗어나 있되 변화의 흐름을 놓치지 않는 사람. 바빠도 조급하지 않고 한가해도 게으르지 않은 사람. 고요와 담박의 맛을 아는 사람. 형제의 피는 섞이지 않았어도 뜻과 정을 오래 같이 할 사람. 만나 함께하면 주위의 소음이 일시에 소거되어 그와의 이야기에 빠져들 수 있는 사람.

이런 사람이 모임에 함께 할 수 있을 터이니, 인원이 많이
늘 수는 없겠다.

　　　　　　나는 모기장을 좋아한다. 모기
장 속은 하나의 소롯한 세계다. 얇은 망으로 된 그 세계
안에는 고요와 평온함이 있다. 모기장은 모기나 파리 각다
귀 같은 미물들의 침입을 막아줄 뿐 아니라 소란하고 번잡
한 세상과 차단해준다.

　방안에 널따랗게 쳐진 모기장 안에 아기가 자고 있다면
이는 그야말로 금상첨화다. 나는 가만히 모기장을 들추
고 무릎을 반쯤 구부려 모기장 안으로 잽싸게 들어갈 것
이다. 그 사이 모기나 파리가 한 마리라도 들어올까 봐서
이다. 그런 다음 모기장이 들뜨지 않도록 내가 들어온 쪽
을 손으로 꾹꾹 눌러 단속한 다음 아기 곁에 눕는다. 아
기는 인기척에 깨어날 듯 입술을 오물거리다 이내 다시 두
팔을 쭉 뻗고 나비잠을 잔다. 나는 그 곁에 모로 누워 파

란 핏줄이 투명하게 살아 있는 아기의 발에 가만히 손을
얹고, 젖내가 가시지 않은 아기의 살 냄새를 맡으며 달콤
한 낮잠에 든다.

졸
음

　　　　　　　졸음은 쏟아지기도 솔솔 오기도
한다. 쏟아질 때는 폭포의 기세로 내리누르고, 솔솔 올 때
는 봄에 부는 산들바람처럼 그 맛이 달다. 앉아서 졸기도
하고 서서 졸기도 한다. 앉아서 졸 때는 어느 순간 고개가
푹 꺾여 가슴에 턱방아를 찧지만, 서서 졸 때는 무릎이 휘
딱 꺾여 허둥대기도 한다. 졸릴 때는 잠의 문턱을 더듬느
라 의식은 몽롱하고 침이 마른다. 그래서 졸고 나면 하품
을 하고 기지개를 켜고 입맛을 쩝쩝 다신다.

　졸음은 언제 오나? 몸이 잠시 움직임을 멈추었을 때 온
다. 영화나 책을 볼 때, 밥을 먹고 난 다음, 버스나 기차에
앉아 바깥 풍경을 내다볼 때, 운전 할 때, 일한 후 쉴 때,
재미없는 강의를 들을 때, 억지로 하기 싫은 공부를 할 때,
책상에 턱을 괴고 멍하니 있을 때, 소파에 앉아 TV 볼 때,

술 한 잔 걸친 후 의식이 몽롱할 때, 낚시터에서 물에 뜬
찌를 보고 있을 때, 침대에 누웠을 때, 명상할 때, 재미없는
사람과 같이 있을 때, 얼굴 가득 졸음이 온다.

어머니 생전에 있었던 일이다. 겨울에 저녁 먹고 어머니와
TV를 보고 있었다. 졸린 눈을 게슴츠레하게 뜨고 TV를
보시던 어머니 말씀. "인저 여덟신가벼. 요새 같은 때 여덟
시 반 연속극 볼래면 눈을 떠끼고 있으야 혀."
　얼마나 졸음이 쏟아졌으면 눈을 다 떠끼고 있어야 했겠
는가. 무심코 하신 그 말씀이 지금까지 내 안에 남아 서글
픔을 더한다.

오리와 고양이

        산자락에 기대어 있는 음식점에서 점심을 먹고, 우리 가족은 식당 뒤로 나 있는 조붓한 산길을 톺아올랐다. 이른 봄이라 꽃망울과 잎망울은 아직 터지지 않았으나 부연한 잡목 숲에 한낮의 봄 햇살이 담쑥 들었다. 밥을 먹은 직후라 숨이 차고 부대꼈지만 상쾌한 산 기운에 저마다 얼굴에 붉은 빛이 올랐다. 오르막길을 올라 평평한 능선을 따라 걷다가 청소년수련원 쪽으로 내려왔다.

    수련원 가는 길에 조각공원이 있다. 크지 않지만 시에서 꾸준히 관리해 사람들이 많이 찾는 곳이다. 알맞게 자란 잔디에 조각 작품과 벤치가 놓여 있어 잠시 쉬기에 그만이다. 그 공원 가운데 호수가 있는데, 호숫가 벤치에 우리 가족이 앉았다. 산길을 걸어 후끈한 몸을 쌀랑한 바람이 식혀 주었다.

　호수 안에 오리 두 마리가 물 위를 헤엄쳤다. 어른 주먹만 한 작은 오리였는데 앞가슴으로 물살을 조용히 가르며 헤엄치는 모습이 정겹고 아름다웠다. 오리 두 마리는 앞서지도 뒤서지도 않고 그야말로 나란히 한 몸인 양 천천히 움직였다. 둘이 어깨를 맞대고 고개를 돌려 마주보기도 하고 삐-삐 작은 소리로 무슨 말인가 주고받기도 하였다. 나는 그 귀여운 모습에 반해 재빨리 휴대폰을 꺼내 사진을 찍으려고 초점을 맞추었다. 그때였다. 카메라 화면 안에 누런 물체가 보였다. 고양이었다. 팔뚝만한 누런 고양이였는데, 주위 시든 금잔디 색과 털빛이 비슷해 알아보지 못했던 것이다. 그 고양이가 입맛을 다시며 오리를 따라다니고 있었다.

　우린 모두 기겁했다. 엉큼한 고양이 같으니. 우리는 돌을 던져 고양이를 쫓았지만, 고양이는 꿈쩍도 하지 않고 오리를 따라다녔다. 오리가 헤엄치는 속도 그대로, 이따금 물 위의 오리를 곁눈질하면서.
　고양이야 그렇다지만 나는 오리의 행동이 자못 궁금했다. 왜 오리는 호수 저 안쪽에서 헤엄치지 않을까? 왜 고양이가 어찌할 수 없는 딱 그만큼의 거리를 두고 나 몰라라 물가에서 헤엄치고 있을까? '어디 할 테면 해 봐, 이 나쁜

놈의 고양이야', 이렇게 고양이를 약 올리기로 작정했나? 따라다니는 포식자를 옆에 둔 오리의 행동이 너무나 태연해서, 나는 오리에게 그 이유를 물어보고 싶었다.

　우리가 벤치에서 일어설 때까지도 고양이는 오리를 따라가고 있었다.

생명, 그 악착같음

중학생인 아이가 이런 글을 쓴 적이 있다. 어려서 콩을 갖고 놀다가 콩이 코 속으로 들어 갔다. 아이는 답답해서 콩을 파내려 했지만 그럴수록 콩은 더 안으로 깊이 밀려들어 갔다. 숨도 잘 못 쉬고 킁킁대고 손가락으로 콧구멍만 후비던 어느 날, 부모가 알아차리고 병원에 가 콩을 빼냈는데, 그 콩에 싹이 났다는 것이다.

냉장고에 넣어 둔 양파나 감자에서 싹이 돋는다. 거꾸로 처박혀 있어도 싹은 돋아 구부러진 채로 위를 향해 오른 다. 돋아난 싹은 아기 손가락처럼 부드럽지만 힘이 세다. 뒷베란다에 놓아 둔 고구마, 심을 시기가 지난 식물의 알 뿌리, 뿐만 아니다, 원치 않는 성관계 단 한 번에 하게 된 임신 등, 생명의 발화에는 이유가 없다. 조건만 맞으면 생 명은 싹을 틔운다.

생명은 어떻게든 자신을 한껏 펼치려 한다. 어떤 고난과 악조건에도 생명은 솟아남을 포기하지 않는다. 자기 몸을 줄여서라도 자신임을 증명한다. 아스팔트나 보도블럭 틈새에 난 작은 풀을 보라. 그 풀이 달고 있는 깨알만한 작은 꽃을 보라. 또 책장 사이 기어 다니는 좀벌레를 보라. 그것도 건드리면 딱 멈춘다. 자기 생명을 보존하기 위해서다. 악착같다는 말밖에는 달리 설명할 수 없는 생명. 그 악착같음이 때로는 무섭고 서글플 때가 있다.

시
골
집

           부모님 돌아가시고 난 후 빈 집
이 되어 버린 시골집. 나는 그 집을 12년 동안 방치해 두었
다. 부모님 산소가 그곳에 있어 성묘 갈 때 잠시 그 집에
들렀으나, 마당에서 서성거리다 왔을 뿐 방문 한 번 열어보
지 않았다. 애증이었을까? 속으로는 궁금하기도 걱정이 되
기도 했지만 막상 그 집에 가면 마음이 차갑게 닫혔다. 분
명한 이유가 있던 것은 아니었다. 다만 아직 때가 아니라
는, 다소 막연한 심사가 강하게 작용했다. 그 집과 관련된
여러 감정을 녹여내는데 시간이 필요하다고 생각했다. 그
러는 동안 집은 담이 무너졌고 대문은 녹슬어 주저앉았으
며 마당과 뒤꼍 삼밭엔 풀이 철사 줄 엉키듯 욱대졌다.

   그런 집을 올부터 다시 다니기 시작했다. 다행인 것은 예
전처럼 전기가 들어오고 물이 나왔다. 신발을 신은 채 안

채에 들어가 방의 면면을 살폈다. 자잘한 세간 위에 먼지가 뽀얗게 앉았고, 구석마다 거미줄에 쥐똥이 널려 있었다. 그런데 신기한 것은 오랫동안 사람 손이 닿지 않은 방에 비해서는 벽에 곰팡이 하나 슬지 않았다. 바닥과 벽이 황토로 되어 있고 버성긴 문틈으로 바람이 활개쳐 들어와 그런 것 같았다. 대청소를 하고 광을 정리했다. 마당에 불을 놓아 허접쓰레기들을 내다 태웠다. 그렇게 오머가며 집을 정리하는데 두어 달 걸렸다. 그런데도 무너진 부엌과 장광은 손도 대지 못했다.

편도 시간 반 이상 걸리는 시골집에 한 달에 둬 번 다녔다. 한 번 가면 2~3일 혹은 4~5일 남짓 있다 왔다. 갈 때마다 손아귀가 욱신거리도록 풀을 뽑고 쓰레기를 모아 태웠다. 그런데도 일은 끝이 없었다. 밤에 책을 좀 볼까 하여 앉았다가도 낮의 고된 노동에 허리가 아파 오래 앉아 있을 수 없었다.

시골집에 다니면서 다른 곳으로 여행하고 싶은 마음이 줄었다. 때가 되면 어디론가 떠나고 싶던 간절함이 시골집에 다니면서 거의 없어졌다. 혹 그래서였는지도 모른다. 그 집에 갈 땐 가기 며칠 전부터 준비해야 할 것들을 메모해 두었다가 떠나는 당일 가방에 하나하나 챙겨 갔으니. 갈 때마다 쌀, 반찬, 세면도구, 간식, 생수, 부탄가스, 컴퓨터, 휴대폰 충전기 같은 것들을 가방에 넣었으니, 외지로 떠나는 여행보다 훨씬 더 여행다운 기분에 빠질 수밖에 없었다.

시골집에 왜 다니는지 자문해 본 적이 있다. 흔히 말하는
별장처럼 이용하기 위해서? 누구의 간섭도 받지 않고 한가
하고 여유 있는 시간을 즐기기 위해? 조용히 집중해서 책
을 읽고 글을 쓰기 위해? 아니면 폭폭한 도시생활의 기분
전환을 위해? 물론 이런 점이 없다고 할 수는 없겠다. 그
러나 정말 이를 위해서일까? 생각을 감았다 푸는 사이 내
가 시골집에 다니는 진짜 이유를 발견했다. 옛것과의 대화
를 하기 위해서였다.

그렇다. 시골집에는 옛것이 남아 있었다. 집을 빙 둘러친
흙담, 장광의 독을 괴어 놓은 펑퍼짐한 밑돌들, 부엌 천장
의 글음과 아직 떼지 않고 놓아둔 무쇠 솥, 허물어진 아궁
이, 칠이 벗겨진 마루, 높은 문지방, 문에 달린 문고리, 삭
아 버석거리는 문창살, 낮은 굴뚝과 허물어져 버린 연기 통,
추녀 끝을 떠받치고 있는 서까래, 짚토매가 쌓여 있는 외양
간, 언제 적 것인지 모를 구유, 물레와 베틀, 해거리하며 열
리는 뒤꼍의 감나무, 마당에 쟁알대며 쏟아지는 투명한 햇
살과 높고 푸른 하늘, 그리고 이웃에 사는 팔십 넘어 구십
이 다 된 노인들 몇. 이들은 모두 오래되어 낡고 초라하지
만 지난날의 이야기를 품고 있어, 세월의 뒤란으로 사라져
가는 것들을 나는 이야기로나마 붙들어 두고 싶은 것이다.

마당과 뒤꼍 대문 밖 고샅을 서성이며 나는 한때 삶이라는 모습으로 우리 곁에 왔던 것들과 많은 이야기를 나눈다. 사물 하나하나에 깃들어 있는, 그 쓸쓸하고 허전한 아름다움과 이야기하다 보면, 내 안에서 나를 아프게 하던 것들이 많이 가라앉고, 그 이야기가 한도 끝도 없이 이어져 동나는 법이 없다. 그러나 이제 부스러지고, 깨지고, 무너져, 흘러간 세월의 낙차만을 가차 없이 보여주는 것들. 그런 것들과 마주하다 보면 가슴 밑바닥으로 스며드는 인생의 쓸쓸함과 애잔함. 어쩌면 삶의 본질이 여기에 있는지도 모른다.

시골집 안방

　　　　　　시골집 안방 벽에 걸려 있는 액자
를 모두 떼어냈다. 크고 작은 가족사진이다. 아이들 커 가
는 모습, 어른들의 화목하던 한때가 올망졸망 들어 있다.
빈 벽에 시계와 부모님 사진 하나만 남겼다. 시계는 십 년
이 지났는데도 건전지를 갈아주니 가는 네모난 벽시계이고,
사진은 아버지 회갑 때 찍은 것으로, 부모님 두 분이 의자
에 앉아 정면을 응시한 채 손을 꼭 잡고 있다. 안방 정리
를 마치고 커피를 한 잔 타 마루에 앉으니 어느덧 하루해
가 설핏하다.

　쓸고 닦고 털어내고 정리하니 이제야 사람 사는 방 같
다. 마당에는 오늘 버린 물건들이 희끗희끗 널려 있다. 내
일 다른 잡동사니와 함께 불에 태울 것들이다. 오래되어 녹
슬고 쓸모없는 것들이지만, 그래도 한때 우리 식구들의 생

활의 곤때가 묻은 것들이다. 보일러가 고장 나 불기가 없어 방바닥은 썰렁하지만, 뒤꼍 방문으로 비쳐드는 저녁 햇살에 미지근한 온기가 느껴진다.

커피 잔을 두 손에 보듬어 안으니 따뜻한 기운이 가슴에 전해온다. 입김을 불며 한 모금 마시니 낙엽 타는 냄새 같은 진한 커피 향이 입 안 가득 퍼진다.

안방 방바닥은 장판을 깔았어도 울퉁불퉁하다. 부모님 생전에 우리들이 황토방을 만들어드린다 하여 산에서 황토를 퍼다 두껍게 처발랐는데, 그때 매끈하게 손질을 하지 않았다. 모양보다는 실리를 추구한 셈인데, 아무튼 아궁이에 불을 넣으면 바닥이 절절 끓어 장판이 누렇게 눌어 버렸다. 그렇게 뜨거운 방에 흙 노동에 지친 삭신을 지지고 나서야, 부모님은 다음 날 개운한 몸으로 다시 들에 나갈 수 있었다.

안방에서 부엌 쪽으로 벽장이 있다. 그러니까 부엌의 천장 위가 벽장인 셈인데, 이 벽장이 생각보다 꽤 넓다. 벽장문을 열면 반자를 하지 않아 지붕의 서까래며 흙이 그대로 다 보인다. 벽장을 이야기할 때 빼놓을 수 없는 것이 제사를 지내고 남은 음식이나 가을철에 거둔 과실, 장에서 사온 사탕이나 과자들을 어른들은 벽장에 넣어두고, 꼬마들이 조를 때마다 하나씩 꺼내 주었다는 것이다.

전화기가 놓여 있던 곳도 안방이었다. 어머니는 달력 뜯은 종이 뒷면에 자식들 전화번호를 큼직하게 써서 붙여놓고, 전화를 걸 때마다 흐린 눈을 잔뜩 찡그려 손가락에 침을 발라가며 번호를 누르셨다. 그렇게 전화 할 때마다 하시던 단골 멘트. "그래 알았다. 전화비 나오니께 얼른 끊어."

빚어 넣은 술이 익기 시작하면 안방은 온통 시큼한 술 냄새로 진동했다. 흔히 가용주라고 하는 동동주를 어머니는 새로 한 꼬두밥에 누룩을 섞어 술 항아리에 넣은 후 안방 아랫목 구석에 얇은 이불로 감싸 놓았다. 따뜻한 온도에 발효시키기 위해서였다. 사나흘 그렇게 놓아두면 밑에서부터 발효된 술에 김이 오르기 시작하는데, 이때 성냥불을 그어대 그 불이 꺼지면 술이 아직 안 된 것이고, 꺼지지 않으면 술이 다 된 것이다. 발효가 다 된 술은 김이 오르지 않았다. 술은 익기가 무섭게 아버지의 조급한 성화에 온전히 남아나지 못했다. 아버지는 술이 익었다 싶으면 술항아리에 용수를 박고, 그 안에 괸 술을 작은 그릇으로 떠 드셨다. 그 때 옆에서 보면 맑은 기운에 노르스름한 빛으로 술이 익었는데, 삭은 밥알이 동동 떠 있다 하여 어른들은 그 술을 동동주라고 했다.

용수 안에 괸 술을 놓고 어머니와 아버지 사이 작은 실랑이가 오갔다. 시도 때도 없이 술독을 열고 술을 떠드시는 아버지가 어머니는 못내 못마땅하셨던 것이다. "에, 그만 좀 떠 먹어. 맑은 술 받아놨다 나중에 한 잔씩 허지 않구." 그러면서 어머니는 다시는 술을 빚지 않겠다고 했지만 명절 때가 되면 다시 엎어 놓았던 술항아리를 꺼내 씻으셨다.

새벽녘 오줌이 마려워 깨면 어머니는 언제 일어났는지 안방 옆 윗방에서 삼을 삼고 계셨다. 무릎 한쪽을 오똑하게 세워 손바닥에 침을 발라 삼줄을 서리서리 이었는데, 그렇게 이은 삼줄이 광주리에 느런히 가즈런히 쌓여 있었다. 어머니는 삼만 삼은 게 아니었다. 십오리라는 것도 했는데, 십오리는 사방 60cm 크기의 보자기 같은 얇은 천에 깨알만한 점이 찍혀 있는데, 그것을 십오리 틀에 대고 그 점을 옹치는 것이다. 십오리 틀 끝에는 날카로운 바늘이 낚싯바늘처럼 구부러져 있어, 그곳에 천의 작은 점을 대고 실로 감아 옹치면 그 점만 오돌도돌하게 돋아 올랐다. 주로 일 없는 겨울에 부업으로 그 일을 하셨는데, 밤이나 낮이나 어두컴컴한 방에서 십오리 틀 앞에 앉아 흐린 눈으로 그 작은 점을 바늘 코에 거느라 애쓰셨다.

말년을 병객으로 보낸 아버지가 병치레를 하신 곳도 안방이었다. TV 옆에 있던 앉을개 책상 서랍 안에는 아버지가 드시는 약봉지가 늘 수북이 쌓여 있었다. 읍내 약국과 보건소에서 타온 약이었다. 병환이 깊어지면서 판단력이 흐려진 아버지는 의사의 처방대로 약을 드시지 않고 마구 남용하여 우리들을 안타깝게 하기도 했다.

안방에 대한 이런 저런 생각이 두서없이 갈마드는 사이 어느덧 날이 저물었다. 쌀랑한 밤기운에 몸이 오슬오슬 추워진다. 문을 열고 방에 들어가니 텅 빈 방이 을씨년스럽기만 하다. 집도 그렇지만 방도 사람이 살아야 삶의 응집력을 갖는다. 사람이 떠나면 그 힘도 흙이 무너지듯 푸슬푸슬 무너져 폐허의 뒷전에 놓이게 된다. 폐가의 방처럼 보기 흉한 게 또 있을까? 방구들은 시커멓게 파헤쳐지고, 바람벽에 초벌로 아무렇게나 발라놓은 신문지는 삭아 바람에 너풀대는 그런 방처럼 허무하고 비탄한 정경을 나는 본 일이 없다.

그나마 다행인 것은 시골집이 안방뿐만 아니라 안채 모두가 흙으로 되어 있다는 점이다. 그래서 그런지 빈 집으로 방치한 지 10년이 훌쩍 넘었는데도 벽에 곰팡이 하나 없이 온전하다. 통풍이 되고 흙이 습기를 빨아들여 그렇다고 볼 수밖에 없다. 오랜만에 다시 자보는 시골집 안방. 비록 보일러가 고장 나 바닥은 냉골이지만 전기장판이라도 깔고 따뜻하게 자야겠다.

아버지

지금도 아버지를 생각하면 가슴에 물컹한 무언가가 밟힌다. 올해로 아버지께서 돌아가신지 십 년이 되었다. 아버지가 살아 계실 때 나는 아버지를 좋아하지 않았다. 아버지와 같이 있으면 탁한 공기 속에 있는 것 같아 숨 쉬기가 거북했다. 말년에 아버지는 내가 아버지를 싫어한다는 걸 아셨던 것 같다. 몸이 편찮아 천안에 와 진찰을 받으실 때도 우리 집보다는 동생 집에 더 자주 묵으셨다.

내가 아버지를 싫어했던 가장 큰 이유는 형 때문이었다. 형은 몸 한쪽이 성치 못한 지체장애에 정신도 바르지 못한 정신장애자였다. 어머니 말씀에 의하면 형이 태어나 갓난쟁이였을 때 경기가 있었는데, 그때 머리에 침을 잘 못 맞아 그리되었다고 했다. 그러한 형의 수족이 되어 형이 돌아가

시기까지 50년 이상 돌본 이는 어머니였다.

아버지는 형만 보면 지청구했다. 아버지는 어머니와 달리 성치 못한 형을 마음으로 받아들이지 못하고 부쩌지 못하셨다. 욕을 하기도 하고 때로는 쥐어박기도 했다. 그러면 형은 눈을 부라리며 아버지에게 대들었고, 그 순간 집안의 온도는 영하로 곤두박질쳤다.

그럴 때 제일 난감해 하는 이는 어머니였다. 객지에 있던 내가 집에 가면 어머니는 그동안 있었던 좋지 못한 일들에 대해 이런저런 말씀을 하셨는데, 아버지 흉을 보는 이야기도 있었다. 웬만해선 남의 말을 하지 않는 어머니가 나에게 그런 말을 했다는 것은 사안이 그만큼 심각하다는 걸 의미했다. 그럴 때마다 나는 아버지가 밉고 야속했다. 어차피 장애를 안고 살아가는 형을 아버지가 좀 더 너그럽게 받아주지 못하는 것에 대한 불만이었다.

아버지는 성격이 급하고 불같으셨다. 그런 반면 과단성이 있고 추진력이 있었다. 무슨 일을 하기로 한번 마음이 서면 좌고우면하지 않으셨다. 그런 추진력이 있었기에 궁벽한 산골에 있는 나를 서울로 전학 보냈는지도 모른다. 고집 세고 입바른 소리 잘하고 깐깐하고 한번 욱했다 하면 물불 가리지 않는 아버지를 두고 외할머니는 늘 핀잔투로 말씀하셨다. "에그 징그러. 늬 아배 그늠의 승질머리 땜에 망한다."

아버지의 그런 '승질머리'를 어머니는 아버지가 어려서 귀염을 독차지하고 자라서 그렇다고 하셨다. 버르장머리 없이 커서, 커서도 저렇게 승질머리가 더럽다고 하셨다.

아버지는 요양원에서 불편한 여생을 마치셨다. 어머니께서 먼저 가시고, 한 해 뒤 형이, 그 후 이태 뒤 아버지께서 돌아가셨다. 어머니는 병원에 오신 지 하루도 채 지나지 않아 갑자기 가셨고, 아버지는 4년여 동안 요양원을 전전하다 돌아가셨다. 나는 두 분 죽음을 통해 죽음의 극단을 맛보았다. 어머니의 갑작스런 죽음은 오랫동안 나를 정신적 패닉 상태에 빠지게 했고, 아버지의 연명을 거듭한 지리한 죽음은 사람의 죽음에 대해 생각을 다시하게 했다.

두 분 돌아가시고 난 후 나는 어머니보다 아버지 생각을 더 많이 했다. 형으로 인해 평생 고생한 사람은 어머니였지만, 어머니와는 평소 많은 이야기를 나누어서인지 돌아가신 후에도 회한이 크게 남지 않았다. 그런데 아버지는 그게 아니었다. 가만히 혼자 있을 때 아버지가 형으로 인해 받았을 고통을 생각하면 가슴이 저려 왔다. 생전에 형을 혼내고 업신여길 때는 아버지가 그렇게 못마땅했지만, 태어난 자식이 성치 못하다는 것을 아셨을 때, 그리고 커가면서 집안의 우환이 되고 있는 자식을 눈앞에 두고 보아야 하는 아버지의 심정을 생각하면, 아버지가 형에게 가했던 구박과 모질음이 이해가 되기도 했다. 누구보다 형으로 인해 고통스러웠을 아버지. 마음 수련에 의한 자기 정화가 덜 된 보통 사람으로서의 아버지가 형으로 인해 겪었을 마음의 고통은 숯보다 더 검고 생피보다 더 붉었을 것이다.

초등학교 5학년 때 서울로 전학 가던 일을 잊을 수 없다. 마을에 차가 다니지 않아 외지에 나가려면 사람들은 산 고개를 넘어야 했다. 서울에 가려면 아침 첫 차 시간에 대어 가야 하는데, 그러자면 날이 밝기 전 어둑어둑한 새벽부터 집을 나서야 했다.

눈이 몹시 내린 날이었다. 집안일은 외할머니께 맡기고 우린 집을 나섰다. 한치 앞도 보이지 않는 캄캄한 어둠 속 천지는 온통 흰 눈으로 뒤덮여 있었다. 아버지는 지게에 짐을 지고, 어머니는 큼직한 보따리를 머리에 이고, 나는 맨손으로 그 뒤를 따랐다. 마을을 벗어나기까지는 괜찮았다. 마을이 온통 눈에 덮여 있어도 길을 찾을 수 있었다. 마을을 벗어나 들길을 갈 때에도 어림짐작으로 길을 찾아 걸었다. 그러나 들길이 산으로 이어지면서 우린 길을 찾을 수 없었다. 새벽어둠 속 온통 눈이 하얗게 쌓인 산길을 아버지가 맨 앞에서 걷고, 아버지가 낸 발자국을 어머니가 딛고 그 발자국을 맨 뒤의 내가 딛었다. 아버지는 눈에 파묻힌 돌에 걸려 넘어지기도 하면서 한 발 한 발 길을 내었다. 그렇게 악전고투 끝 고갯마루에 올라섰을 때 부옇게 동이 터

왔다. 숨이 차 가슴이 터질 것 같던 그날, 후끈한 열과 땀에 새벽 칼바람이 오히려 시원하게 느껴지던 그날, 나는 그렇게 아버지와 어머니의 발자국을 따라 딛으며 새벽 산길을 넘어 서울행 버스에 올랐다.

그날의 내가 없었다면 오늘의 내가 있었을까? 아니 그때 그 눈 쌓인 산길을 앞장서 헤쳐 나가던 아버지가 안 계셨더라면, 지금의 내가 있을 수 있었을까? 그 후에도 아버지는 나에게 엄했고, 나는 그런 아버지를 미워했다. 심지어 시골에서 농사짓느라 시커멓게 그을린 아버지를 경멸하기도 했다. 어린 소견에 왜 우리 아버지는 깨끗한 와이셔츠에 넥타이를 맨 그런 사람이 아닐까 창피해 하기도 했다.

그런 아버지였지만 내가 해직되어 10여 년 오직 교육운동에 전념할 때에도 역정이나 타박 한 마디 하지 않으셨다. 형이 장애인이고, 나를 공부시키려 서울까지 전학을 보낸 터에, 그런 만큼 나에 대한 기대가 컸을 것인데, 고작 한다는 짓이 집에 형사나 불러들이는 나를 아버지는 가타부타 말씀 없이 지켜만 보셨다.

십 년을 단위로 할 때 어느덧 내 인생도 6페이지를 넘겼다. 이제 남은 것이래야 1내지 2페이지이다. 그래서일까? 아버지 돌아가신 후 지난 십 년 동안 아버지에 대한 미움의 물은 다 빠지고 그리움만 이렇게 진하게 남았다. 눌러 말린 꽃잎의 잎맥처럼 아버지를 보고 싶은 마음이 날이 갈수록 선명해진다. 아, 아버지의 꽃은 지고 아버지에 대한 그리움이 토란잎의 이슬처럼 맑게 고인다.

오줌 한 방울도 아끼던 때가 있
었다. 모두 모아서 밭의 거름으로 쓸 때였다. 오줌 통이 있
었다. 독을 땅에 묻고 뚜껑을 덮은 오줌독이 있었고, 양동
이나 입구가 조붓한 질항아리 같은 오줌 통이 있었다. 오
줌 통에는 황갈색 오줌이 고여 있고 허연 버캐가 늘 끼어
있었다. 그 주위의 매캐한 지린내와 새카맣게 달라붙던 여
름철의 파리 떼라니.

시골집은 도시 아파트와는 달리 화장실이 안채에서 멀리
떨어져 있다. 그러니 겨울에는 밤에 자다 말고 일어나 오줌
누는 일이 여간 귀찮은 게 아니다. 자다가 부시럭거리며 일
어나 몸을 잔뜩 웅크리고, 큰 결심이나 한 듯 숨을 들이
마신 후, 문을 열고 나가, 마당 구석에 오줌발을 세울 때
면, 덜덜 떨리는 몸에 빨리 누고 들어가 자야지 하는 생각

밖에 들지 않았다.

시골집에서 자면서 양동이 하나를 마루에 놓아두었다. 요강 대용이다. 안방에서 자다 오줌이 마려우면 일어나 문 열고 바로 옆에 놓아둔 양동이에 오줌을 눈다. 입구가 넓어 오줌을 헛누지 않을 수 있고, 바닥도 안정적이어서 쓰러질 일도 없다. 오줌 통으로 쓰는 양동이가 그렇게 고마울 수 없다.

담아야 옳다
간장종지엔 간장을

옛날 시골 아낙들치고 바쁘지 않은 사람이 없었다. 들일에 집안일에 육아까지 책임져야 하는 삼중고에 시달렸다. 그에 비하면 남자들은 좀 나았다. 매일 흙 노동에 심신이 고달팠지만 여자들보다는 덜했다. 남자들은 그래도 가끔 술추렴에 한껏 기분을 내기도 하고, 외지에 나다닐 때 '가다마이' 하나쯤은 어깨에 걸치기도 했으니까.

어머니도 여느 아낙들과 사정이 마찬가지였다. 집안일을 어머니 혼자 하다 보니 늘 어머니는 바빴다. 자식 여섯에 남편까지 여덟 식구 삼시 세끼를 차려내는 일만 해도 여간만 하지 않았다. 그러다 보니 손이 빨랐다. 무슨 일이든 후딱 후딱. 국수를 삶아도 여덟 그릇을 만들어 내야 하니까, 삶으며, 국물 만들며, 고명으로 얹을 김치 썰며, 한

87

번에 서너 가지 일을 동시에 후딱 해치웠다. 그렇게 차려진 밥상. 밥을 먹을라치면, 아버지는 싱겁니 짜니 매웁니 음식 타박을 하셨다.

"얘. 너 나가 찬장에서 간장종지 좀 가져와라."

밥상머리에서 나는 이런 심부름 하는 게 정말 싫었다. 밥 먹다 말고 밖에 나가기가 싫어서라기보다는, 좀 싱거우면 싱거운 대로 짜면 짠 대로 그냥 먹으면 안 되나, 하는 소견에서였다. 아버지의 음식에 대한 타박이 그 음식을 만들어낸 어머니에 대한 시비로 여겨졌다.

간장종지는 으레 상 한가운데 놓였다. 손바닥에 올리면 옴쏙 들어갈 정도로 작은 종지. 음식의 간을 잡아주는 절대 역할을 한다 하여 상 한가운데 놓이는 대접을 받았나보다. 나는 그 작고 옴팡진 종지를 보며 그릇에도 다 제 구실이 따로 있구나 생각했다. 간장종지에 국을 퍼 담을 수 없듯이 큰 대접에 간장을 퍼 놓을 수 없다.

어떤 일과 그 일에 관련된 사람을 눈여겨 볼 때가 있다. 그 사람 깜냥이 어느 정도 될지 가늠하면서 말이다. 많은 경우 사람은 자신의 크기가 간장종지이면서 커다란 국그릇으로 행세하거나 그런 대접을 받으려 한다. 주머니는 작은데 큰 것을 욱여넣으려는 꼴이다. 그런 경우 결국 사단이 나 일은 틀어지고, 명예를 바라고 시작한 일이 불명예로 끝나는 경우가 많다. 간장종지엔 간장을 담아야 옳다.

낫

시골 가는 길에 낫을 하나 사려고 철물점에 들렀다. 예전 부모님들이 쓰던 낫이 헛간 시렁에 하나 걸려 있는데 내려서 살펴보니 도저히 다시 쓸 수 없었다. 검붉은 녹 투성이에 이가 벙머드러져 풀줄기 하나 끊어내지 못했다.

인기척에 늙수구레한 여자가 나왔다. 이것저것 둘러보는 나에게 "뭐 찾으시남유?" 묻는다. 낫을 보자고 하자, 낫 거기잖유? 하며 턱짓으로 가리킨다. 철물점 입구에 낫을 쌓아 놓았다. 내가 몇 자루 손에 들고 무엇이 좋을까 요량해보자 "뭐 허는디 쓰시게?". 다시 물었다. "시골서 막일할 때 쓰려고요."

여자가 두 자루를 골라 내준다. 생김새가 다르고 무게도 다르다. 둘 다 어려서 본 것들이다. 나는 둘 중에서 무접고 투박한 것을 골라 낫 이름을 물었다.

"우멍낫유."

"나 어렸을 때는 육철낫이라고 했는데."

"물러유, 그건. 요즘 사람들은 우멍낫이라구 허유. 낫이
우묵하게 생겼잖유?"

"그럼 이 낫은 뭐예요?"

내가 옆에 있는 가볍고 날이 하얗게 선 낫을 들어 보며
물었다.

"그건 평낫유."

"이것도 나 어려서는 왜낫이라고 했는데."

나는 육철낫과 왜낫을 들고 일할 때 꼭 필요한 낫이 어
떤 것일지 가늠해보았다.

"우멍낫을 조선낫이라고도 헌대유. 평낫은 공장에서 만
들고 우멍낫은 대장간에서 만든대유."

"그래요? 조선낫? 그럼 조선낫과 왜낫? 이거 말이 되
네."

나는 우멍낫을 사 차에 싣고 오면서 이런저런 생각에 잠
겼다. 낫 이름이 재밌었다. 낫 하나에 우멍낫 육철낫 조선
낫 같은 이름이 있고, 다른 하나에 왜낫 평낫 같은 이름이
있다. 우멍낫이나 평낫은 낫의 생김새에 따라, 육철낫(무
쇠낫)은 낫의 재질에 따라 붙인 이름인데, 재밌는 건 조선낫
과 왜낫이었다. 조선낫은 생긴 것도 날이 두텁고 강해 무엇

을 찍거나 베는 데 좋고, 왜낫은 날이 좁고 가벼워 풀을 베
는데 안성맞춤이다. 낫의 생김새와 쓰임에 따라 이름이 그
렇게 붙은 것인데, 낫 하나에도 식민지 시절을 겪은 우리 민
족성이 반영되어 있다는 느낌이었다.

낫 한 자루 3천원 주고 사면서 낫에 대해 공부 많이 했다.

고개

　　　　　　　　어려서 우리가 살았던 온암리를
돌보라고 한다. 돌이 많은 동네라는 의미이다. 우리 동네
인 돌보를 중심으로 그 주위 마을을 '돌보 열두 매기'라고
했는데, 얌동, 새뜸, 돌보, 소란말, 사당골, 안골, 턱골이 내
가 아는 마을 이름이다.

　옴쏙 들어간 산골짜기 마을들이라 모두가 사방이 산으
로 둘러싸인 분지 형태의 마을이다. 그러니 외지로 나가기
위해서는 고개를 넘어야 했다.

　온암리도 예외가 아니었다. 마을에서 대처로 나가기 위
해서는 세 개의 고개 가운데 하나를 넘어야 했다. 원태비고
개, 바른생이고개, 황토고개. 외지 사람이 마을로 들어오
거나, 마을 사람이 외지로 나갈 때 꼭 넘어야 했던 고개들.

　코흘리개 시절 장에 가는 어머니를 따라 타박타박 시오

리 길을 넘던 고개는 황토고개다. 어디든 걸어서 다니던 때, 달걀꾸러미며 곡식이며 바리바리 싸서 이고지고 시오리가 훌쩍 넘는 남양장으로 향하던 장꾼들 틈에 섞여, 나는 내 발에 맞는 검정고무신을 사기 위해, 혹은 아이스께끼 하나 얻어먹을 요량으로 그 먼 장 길을 따라나섰다. 그때 일을 두고 생전의 어머니는 말씀하셨다. "너 데리고 장에 가려면 왜 그렇게 물어보는 게 많다니? 새로 눈에 띄는 것마다 물어보는 등쌀에 길을 갈 수 없었다."

봄이면 진달래꽃이 난만히 피어 연분홍 치마를 두르고, 여름이면 옹졸봉졸 흰 구름이 길손처럼 유유히 넘나들던 고개. 마을을 떠나는 사람이나 들어오는 사람이나 고갯마루에 올라 내리막길 저 끝에 펼쳐져 있는 다랭이 층층한 밭과 논을 보며, 가쁜 숨을 휘 내쉬고 다리쉼을 하던 곳.
그 탄탄하고 환하던 고갯길이 사람이 다니지 않아 황폐해진 것은 오래전의 일이다. 고갯마루를 지키던 서낭나무도 바람에 술렁대던 수풀에 싸여 사라지고, 인위로 난 고갯길이 자연으로 돌아간 게 언제 적 일인지 가마득하다. 긴 세월 한때 사람들 발길을 대처로 숨 가쁘게 이어주던 가팔랐던 고갯길. 그 길이 지금은 두터운 산의 녹음에 덮여, 아른대는 시절의 그리움 한 도막으로 내 가슴에 남아 있다.

　　　　　　　　마을을 한 바퀴 돌아보았다. 마
을 한가운데 개울이 흐르는데, 개울 이짝 그늘진 곳을 음
지뜸, 저짝 볕이 잘 드는 곳을 양지뜸이라 했다. 마을의 지
형은 나 어렸을 때와 크게 다르지 않았다. 길이 시멘트로
포장되고, 없던 교회가 생겨나고, 우물 자리가 메워진 것
이 옛날하고 달랐다. 집들은 거의 증개축 되었거나 사라졌
다. 내가 어려서 살던 초가집도 헐리고 그 터에 컨테이너로
된 이동식 주택이 놓여 있다. 사람이 있다면 말이라도 붙여
보려고 기웃거려 보았지만 인기척이 없었다. 시멘트로 덮은
마당에 햇살만 눈부시다. 마을길이 포장되면서 고샅도 사
라졌다. 집과 집을 이어주던 조붓한 고샅과, 그 길에 살아
있던 유년의 신화가 멋대가리 없는 시멘트 포장에 덮여 무
참히 사라졌다.

마을을 돌다보니 집집마다 문패가 붙어 있다. 새로 지은 번듯한 집이나 다 쓰러져 가는 폐가에도 새 문패가 이물스럽게 붙어 있다. 아주머니께 물으니, "그거 다 면이서 해준 거유. 벌써 두 번째 해 줬슈" 한다. 재밌는 것은 사람이 살든 안 살든 심지어 죽은 사람까지도 문패에 이름을 써 대문 한쪽에 달아놓았다. 문패를 달아준 것까지는 좋았다. 그런데 죽은 사람의 문패라니. 한편 고맙기도 한편 좀 뜨악하기도 하였다. 아무튼 집집마다 달린 문패를 보고 나는 돌아가신 외숙모 이름을 처음 알게 되었다.

돌멩이미역국

    시골집 근처엔 식당은 물론 작은 가게도 없다. 전에는 '하꼬방'이라 하여 술과 과자봉지 정도 파는 가게가 있었으나 그마저도 없어진 지 오래다. 동네 사람들은 필요한 것을 외지에서 차에 물건을 싣고 들어오는 사람한테 사거나, 직접 청양 장날 버스를 타고 나가 샀다. 그러니 집에 올 땐 준비를 해야 했다. 며칠 묵었다 가려면 먹거리에 신경을 써야 하는데, 쌀은 물론 된장 고추장까지 준비해야 했다. 그런데 그날따라 국거리를 놓고 온 것이다.

    아침부터 비가 왔다. 추적추적 내리는 여름비라 구질구질했다. 나는 차를 운전해 남양면에 있는 마트에 나갔다. 그곳에도 국거리로 쓸 만한 게 없었다. 콩나물도 오뎅도 나물도 무도 눈에 띄지 않았다. 하는 수없이 아쉬움을 지우며 마트를 나서려는데 마른 미역이 눈에 띄었다.

미역을 물에 불려 국을 끓였다. 간도 하지 않고 마늘도
넣지 않은 그야말로 물만 넣고 끓인 맨 미역국이었다. 국이
냄비 안에서 잠잠히 끓었다. 그때 스치는 한 가지 생각. 하
얀 돌을 주어다 넣으면 재밌겠다는. 온통 검푸른 미역만 있
는 국이 보기에 따분해서였다. 추녀 밑에서 작고 흰 돌 몇
개를 주워 왔다. 빗물에 씻긴 돌에서 윤이 났다. 물에 씻어
국에 넣으니 오호라, 화룡점정! 어떤 국보다 운치 있는 돌
멩이 미역국이 되었다.

납
작
쥐

        뒤꼍 감나무 밑 낙엽을 긁어모아 불을 놓았다. 저녁을 먹으며 반주로 술 한 잔 할까 하다 사랑방에서 책 두 권을 꺼내 왔다. 허수경 시집 『혼자 가는 먼 집』과 릴케의 『주여 지금 홀로 있는 이들을 기억하소서』라는 책이다. 둘 다 너무 오래되어 언제 읽었는지 무슨 내용인지 전혀 기억나지 않았다.

  허수경에 대해서는 이따금 소식을 들었다. 문예지나 인터넷을 통해서였는데, 독일에서 고고학을 전공하며, 암에 걸려 산소 호흡기를 떼고 항암치료를 중단했다는 소식이었다.(그 후 그녀는 얼마 못 가 죽었다.) 그녀의 시집 판권을 보니 1992년 초판, 1994년 6쇄로 되어 있다. 그러니까 내가 이 책을 사서 읽은 게 25-6년 전쯤의 일이 된다. 그런데 한 가지, 지금까지 나는 이 시집 제목이 '혼자 가는 먼 길'인 줄 알았다. 이 시집을 처음 보고 '왜 혼자가 가? 여럿이 같이 가지' 하고 생각했던 일이 기억에 남아 있다. 시 몇 편을 읽으며 전혀 알지도 관심도 없던 한 시인에 대해 시집을 매개로 다시 생각한다는 게 무엇일까? 그 필연으로 엉켜드는 우연의 관계에 대해 생각하니 밤 한 때의 시간이 숙연해졌다.

릴케의 책은 판권 표시 면이 뜯겨나가 언제 나온 책인지 알 수 없었다. 다만 속표지에 검정볼펜으로 '82, 청양'이라고 써 있는 것으로 보아, 1982년 청양에서 이 책을 구입했음을 알았다. 기억을 되감아보니 그 당시 나는 청양 군부대에서 방위를 받고 있었고, 청양 차부 옆에 서점이 하나 있어 그곳에 자주 들락거렸는데, 아마 그 여름에 이 책을 샀던 것 같다.

릴케의 책은 파손이 심했다. 쥐들이 갉아 책 여기저기가 움푹움푹 파였으며, 거미줄과 쥐똥 범벅이었다. 그래도 물휴지로 조심히 닦으며 한 장 한 장 넘겨보았다. 곳곳에 옛날에 내가 읽으며 밑줄 친 볼펜자국과 짤막짤막하게 적어놓은 글귀가 눈에 띄었다. 책을 넘기다 한 가지 의문에 사로잡혔다. 책장과 책장 사이에도 쥐똥이 있고 쥐 오줌 자국이 얼룩져 묻어 있었다. 책 표면이 그런 것은 이해가 되지만 어떻게 책장 사이에 쥐똥과 쥐 오줌 자국이 들어 있을까? 그것도 한두 군데가 아니고 여기저기 여러 곳에? 쥐가 책장 사이에 들어가 그 '무틈의 공간'을 임대하여 살지 않은 이상, 책 속에까지 쥐똥과 쥐 오줌이 들어 있을 수는 없었다.

나는 결론지었다. 세상에는 내가 모르는 '납작 쥐'가 있다고. 그 납작 쥐란 놈이 책의 표지에서 농탕친 것도 모자라, 안에까지 파고들어 똥과 오줌을 싸 놓았다고.

함석지붕

시골집 지붕은 함석지붕이다. 안
채 사랑채 모두 함석으로 되어 있다. 함석지붕은 한 번 해
놓으면 2-30년 간다고 한다. 우리도 예전 부모님 계실 때
지붕을 새로 했는데, 그 이후 빈 집을 10년 이상 묵묵히 지
켜 온 게 함석지붕이다.

나는 함석지붕에 떨어지는 빗소리를 좋아한다. 비 오는
소리에 잠이 깨어 어둠 속 가만히 눈만 뜨고 있을 때, 자
분자분 지붕과 마당을 적시며 오는 빗소리를 듣노라면 문
득 내가 아득한 밤의 심연에 놓이는 것 같다. 그런 때면 이
불을 다리 사이에 둘둘 말아 끼고 요 위에서 마음껏 뒤척
인다. 몸을 강낭콩처럼 동그랗게 말고, 어머니 자궁에 처음
착상한 태아처럼 웅크린 채, 빗소리에 귀를 기울이다 보면
존재의 시원에 가 닿은 듯하여, 깊은 바다 속 어둠처럼 아

득해진다. 아, 그때 어디선가 시멘트 바닥에 쇠뭉치를 굴릴 때 나는 소리로 낮고 묵직한 우레가 우르릉 울며 지나가면, 나는 태고의 동굴에 들어앉은 원시인이 되어 어둠의 적막에 휩싸이는 것이다.

그렇게 누워 있다 일어나 스탠드에 불을 밝히면 세 뼘 남짓한 불빛에 책상 위가 환하다. 딱히 할 일 없이 일어나 앉은 밤의 시간, 빗소리에 섞여 바람 소리 들려오고, 자기 전에 읽었던 책을 들어 건성으로 몇 쪽 뒤적이다 보면, 쿵! 자던 돼지도 놀라 간 떨어질 소리로 떨어지는 풋감. 종주먹만 한 풋감이 함석지붕에 떨어져 때 아니게 내 가슴이 덜컥 내려앉는 것이다.

함석지붕의 덕은 뭐니 뭐니 해도 화창한 가을날 뜨겁게 달아오른 지붕에 이제 막 밭에서 따온 붉은 고추를 널어 말리는 일이다. 지금은 고추 말리는 기계가 있고, 시골에 젊은이가 없어 그런 장면을 쉽게 볼 수 없지만, 불과 얼마 전까지만 해도 그것은 농촌의 가을 하면 떠오르는 정감 있는 풍경이었다.

사다리를 놓고 지붕에 올라가 있으면 어머니께서 밑에서 고추를 대바구니에 담아 올려주신다. 그러면 그것을 받아 지붕에 얇게 펴 너는데, 이때 조심해야 할 게 하나 있다. 지붕의 경사가 심해 잘못하면 떨어질 수 있다. 지붕에 올라가

서는 함석을 고정시키기 위해 지붕 서까래에 함석을 못으로 박아놓은 곳이 있는데, 그 못 대가리를 밟고 몸의 중심을 잡아야 한다. 쉬울 것 같지만 아무나 할 수 있는 일이 아니다. 그렇게 지붕에 고추를 널어 말릴 때는 아침에 한 번 그리고 저녁에 밤이슬에 젖지 않도록 내려서 담아두기 위해 또 한 번, 이렇게 하루에 두 번 지붕에 올라가야 한다.

아, 지붕에 올라 쾌청한 가을 하늘을 올려다보았을 때의 그 눈부심. 머리 위로 마당을 가로지르는 전깃줄이 지나가고, 아득한 하늘에 하얀 비행기운이 파도의 띠처럼 그어져 있을 때, 그때 내 몸을 온통 빨아들일 듯 영원의 심연으로 푸르기만 한 무한천공!

내려다보면 기껏 사다리 예닐곱 칸 올라왔을 뿐인데, 집 마당이 아득한 낭떠러지처럼 보이고, 일어서서 내려오려면 다리가 휘춘휘춘 떨린다. 눈앞엔 칸나 꽃보다 더 붉게 이글거리는 고추, 눈을 들어 하늘을 보면 화창한 날의 창유리 같은 맑고 투명한 벽공, 그리고 마당엔 사다리가 흔들리지 않도록 꼭 잡고 계신 늙은 어머니.

맑은 수채화 한 장으로 남은 이런 장면이 떠오를 때마다 나의 눈가는 촉촉이 젖는다.

달력

집 앞 마트에서 새해 달력을 나누어준다. 라면 상자에 수북이 담아놓고 원하는 대로 가져가라고 하다. 돌돌 말린 벽걸이용이다. 물건을 담은 비닐봉지에 하나 꾹 찔러 넣었다. 나는 벽걸이용 달력을 좋아하지 않는다. 탁상용 한두 개면 족하다. 그런데 그 달력을 가져온 것은 요즘 벽걸이 용 달력이 어떻게 생겼나 궁금해서다. 집에 와 펴 보았다. 다른 그림이나 사진은 없고 날짜만 크게 월별로 박혀 있다. 달걀 만한 양력 날짜 밑에 굵은 대추알 크기로 음력 날짜가 박혀 있다. 그야말로 달력에 충실한 달력이다.

종이가 귀하던 시절 일 년에 한 번 보게 되는 새 달력은 종이 중에 최고급 종이였다. 한 장으로 된 큰 것도 있고, 좀 작지만 월별로 된 것도 있었다. 둘 다 정치인의 흑백사진이 큼직하게 박혀 있었다.

달력의 뒷면은 무엇을 해도 좋을 최고급 종이였다. 불빛에 반사되어 반들반들 윤이 나기도 했고, 손으로 만져보면 반질대는 감촉에 기분이 좋았다. 나는 달력 뒷면에 그리기 숙제를 하기도 하고 글씨 연습도 했다. 아버지는 먹을 갈아 붓글씨를 쓰기도 했다. 나는 아버지 옆에 앉아 글씨 쓰는 아버지를 지켜보기도 했다. 아버지는 방바닥에 앉아 한쪽 손으로 바닥을 짚은 후 몸을 반쯤 수그려, 벼루의 먹물을 붓 끝에 적신 후, 숨을 고른 다음 글씨를 쓰셨다. 그럴 때면 나도 옆에서 아버지가 숨을 멈추면 나도 따라 멈추고 내쉬면 내도 따라 내쉬었다.

새 달력을 보며 지난날에 대한 아련한 그리움에 젖는다. 그리움도 어떤 그리움은 못 견디게 마음을 옥죄어 견디기 힘든 그리움이 있는데, 지금 나의 그리움은 그런 것은 아니다. 물 위에 뜬 꽃 그림자처럼 아련히 삼삼히 젖어드는 그리움이다. 달력을 통해 어린 시절의 나와 아버지와 흙벽에 난 좁은 방문으로 비쳐 들어온 햇빛과, 대낮인데도 어둑어둑했던 그 방이 생각난다.

글밭

사람 만나기가 곤혹스러울 때가 있다. 우선 여럿이 와자지껄한 자리는 피하고 싶다. 새로울 것 없이 술이나 마시는 모임에도 안 가려고 한다. 어떤 의도나 목적이 있는 자리, 속보다 겉을 내세우는 자리, 기념회, 축하회, 송년회 등도 일단 사절이다.

일전에 좀 찝찝한 마음으로 참석한 곳이 있다. 전교조 해직교사들이 모이는 자리였다. 모임 이름도 있고, 일 년에 두 번 정기 모임에, 회장 사무국장 같은 직책도 있고, 회비도 내는 짜임새 있는 모임이었다.

모두 오랫동안 보지 못한 이들이었다. 한때 교육이든 사회 분야든 민주화를 위해 헌신한 사람들이었다. 그 중에는 아직 학교에 남아 있는 사람도 있고, 나처럼 벌써 퇴직한 이들도 있다.

그들을 다시 만나기까지 오랜 세월이 흘렀다. 그 사이 나는 그들에 대한 이야기를 풍문으로 들었다. 누구는 어디에 땅을 샀고, 누구는 어디에 건물을 지었고, 누가 무슨 상을 탔고, 누가 학교에서 보충수업을 앞장서 열심히 했고. 그런 말을 들을 때마다 입맛이 씁쓸했다. 해직까지 감수하면서 싸웠던 사람들이 일반인보다 더 현실적인 잇속을 그악스럽게 챙긴다는 생각에서였다.

　그날 나에게도 말 한 마디 할 기회가 주어졌다.
　"그동안 저도 밭을 하나 장만해 열심히 일구었습니다."
　내 말에 사람들 이목이 집중되었다. 아니, 저 사람이 밭을 장만했다니 무슨 소리야, 하는 얼굴들이었다.
　"그 밭은 제가 노후에 전원주택을 짓고 살면서 농사지을 것도 아니고, 투기 목적으로 사들인 것도 아닙니다. 제가 장만해 가꾸는 밭은 글밭이라는 밭입니다. 저는 오늘도 새벽에 일어나 그 밭을 가꾸다 이 자리에 왔습니다. 아마 제 건강이 허락하는 한 저는 그 밭을 오래도록 가꿀 것입니다."
　글밭이란 말에 사람들이 와그르 웃음을 터뜨렸다.

좋은 글

좋은 글의 반대는 나쁜 글이 아니라 좋지 않은 글이 되겠다. 세상엔 나쁜 글도 많다. 남을 헐뜯고 비방하기 위해 악의로 쓴 글은 나쁜 글이다. 그러나 여기서 말하는 글은 그런 천박하고 저급하며 어떤 목적 달성을 위해 쓴 조악한 글이 아닌 문학의 범주에 드는 글을 말한다.

글이 좋지 않다는 것은 그 글이 갖추어야 할 격이 없기 때문이다. 격은 기준이다. 그러니까 글이 좋다는 것은 그 글이 작품으로 어떤 기준에 들어 있다는 말인데, 따지고 보면 이처럼 주관적이고 편의적인 것도 없다. 사람마다 좋은 글을 보는 눈이 다 다르기에 말이다.

그렇다면 나는 어떤 글을 좋은 글로 보는가. 우선 새로워야 한다. 글에는 쓴 사람의 정신 작용이 드러난다. 글이 새롭다는 것은 글쓴이의 정신 작용이 새롭다는 것이다. 새로울 것 없이 반복되는 지루함은 진부의 표상으로 가장 경계해야 할 일이다. 새로움은 글의 전체 내용에서, 혹은 표현에서, 혹은 문장 속 깔밋하게 들어앉은 단어 하나에서 느낄 수 있다. 이를 위해 고심한 흔적이 글에 묻어나야 한다.

좋은 글에는 덕이 있다. 좋은 글과 잘 쓴 글은 다르다. 좋은 글은 온몸으로 쓴 글이요, 잘 쓴 글은 손끝으로 쓴 글이다. 손끝으로 기교를 앞세워 쓴 글은 잠시 사람의 눈을 현혹하지만 오래가지 못한다. 글에서 덕이란 진정성일 수 있다. 글쓴이의 경험, 사상, 사유체계, 세계관, 약자의 비명을 듣고자 하는 민중성, 언어의 선택 등이 사골 국물처럼 흠씬 고아져 글의 맛으로 배어 나와야 한다. 그런 글은 길이나 종류에 상관없이 온후하고 깊으며 동시에 담백하고 맛깔스럽다. 마음을 조금이라도 움직이게 하며, 묵직한 무쇠 화로처럼 온기를 오래 품는다.

좋은 글은 그 글을 읽고 나서 미처 몰랐던 어떤 세계가 확 열리는 듯한 개안의 느낌을 독자에게 가져다준다. 그 글을 읽고 난 독자는 전혀 새로운 미답의 세계에 발을 들여놓는다. 지금까지 자신을 둘러싸고 있던 껍질을 깨고, 높고 넓은 새로운 세계로 향하는 빛을 만나게 된다. 그리하여 그의 인식의 범위는 확장되고 영혼의 천장은 높아진다. 글이 사람의 기운을 북돋아 고양시키고, 인식이 미치는 범위를 확대하며, 삶을 고양시키는 혁명적 세계관에 이끌리게 한다.

이런 글을 쓰고 싶다. 내 깜냥으로는 언감생심이지만 꿈에라도 늘 가슴에 품는다.

책
이
야
기

갈수록 책이 늘었다. 책꽂이에
알맞게 꽂혀 있을 때엔 보기도 좋아 밥을 먹지 않아도 배
가 불렀다. 그러다 꽂을 데가 없어 쌓아 놓게 되고, 그것들
이 어느 덧 천장 높이까지 올라가 나를 내려다보게 되었다.
이쯤 되면 나는 책에 갇힌 것이다.

늘 답답함을 느끼던 차에 한 가지 결심을 굳혔다. 이 지
경에서 벗어나자는 것이다. 한 번 그렇게 마음먹자 그 동안
그토록 애착을 갖고 손때를 들이던 책들이 꼴도 보기 싫
어졌다. 당장 치워야 할 애물로만 여겨졌다.

모두 시골집에 갖다 놓기로 했다. 책을 상자에 담으며 생
각해 보았다. '지금까지 내 영혼이 성숙하는데 결정적인 영
향을 준 책이 얼마나 될까?' 이십여 권 되었다. 그 책은 따
로 남겨 두었다. 한 장 한 장 읽을 때마다 대나무의 마디가

자라듯 내 영혼이 성숙했던 책이다. 낡았지만 아직도 정찬 기운을 품고 있는 것들. 처음 읽을 때 밑줄 그으며 읽고, 두 번째 읽을 때 처음 그은 밑줄을 지우면서 읽고, 세 번째 읽을 때 다시 밑줄 그으며 읽었던 책들이다.

책을 1톤 봉고트럭에 싣고 시골집에 갔다. 사랑방 하나를 말끔히 치우고 그곳에 책을 넣어두기로 했다. 마당에 비닐 멍석을 깔고 차에서 책을 내렸다. 마당에 책이 산더미처럼 쌓였다. 그걸 보시며 하신 어머니 말씀. "저게 다 돈인디."

시간이 지나면서 은근히 '저 책을 어떻게 해야 하나?' 하는 고민에 싸였다. 책꽂이에 마구잡이로 꽂혀 있는 책과 상자째 쌓여 있는 책들을 앞으로 어떻게 해야 하나 생각하면 머리가 아팠다. 도서관에 기증해도 받아주지도 않는다. 마을도서관도 생각해 보았지만 노인들밖에 없는 마을에 언감생심이다. 어쩌다 방문을 열어 보면 서생원이란 것들이 책에다 오줌 싸고 똥 싸고 새끼까지 쳐 아주 난장질을 쳐놓았다. 그렇게 방치한 지 십년 이십 년 세월이 흘렀다.

그새 부모님도 돌아가시고, 한동안 다니지 않던 시골집에 다시 가게 되었다. 대청소를 하면서 사랑방의 책들도 천여 권 아낌없이 골라 버렸다. 그런데도 아직 책이 남았다. 그대로 두면 폐지로나 처분될 수밖에 없는 것들이다. 이 책들을 어찌할 것인가? 당신이라면 이 책을 어찌하겠는가?

추억

아직도 멍하다.

그 일을 마친 지 일주일이 지났는데도 멍함이 가시지 않는다. 일이 손에 잡히지 않아 자주 먼 산만 바라보며 삶이란 무엇인가 다시 생각한다.

1993년 나는 한 가지 다짐한 게 있었다. 문학을 제대로 하자는 것이었다. 그 전에는 문학보다 사회운동을 더 중시했고 십 년 넘게 그 일에 매달렸다. 80년대 시대 상황이 그러했고, 두 번의 해직이 나를 문학보다 운동에 더 치중하게 했다.

문학에 뜻을 두면서 맨 처음 한 일이 우리말 공부였다. 그때 나는 우리말이 풍부하게 녹아 있는 문학작품을 많이 읽었다. 그러면서 한 가지 더 한 일이 있는데, 시골에 계신 부모님 이야기를 녹음한 일이었다. 어머니 아버지께서 평소

쓰시던 말을 통해 우리말을 공부하고 싶었고, 또 하나는 이제 얼마 안 있어 그분들이 돌아가시고 나면, 농경문화가 담긴 그분들 말이 곧 사라질 것 같아서였다.

하여 나는 녹음테이프 다섯 개에 농사짓는 이야기, 간장 고추장 담그는 이야기, 삼베 짜는 이야기, 술 담그는 이야기, 자식들 키운 이야기 등 부모님이 살아오면서 겪은 여러 이야기를 녹음했다.

녹음은 주로 비오는 날 이루어졌다. 날이 좋은 날은 두 분 모두 들에 나가 일을 해야 했기에, 날이 궂은 날 주로 마루에 앉아 했다. 마당에 크고 작은 원을 그리며 내리던 비. 함석지붕을 타고 흘러내린 빗물이 추녀 끝 홈통에 모여 옴방톰방 주르륵 죽 – 죽 떨어지던 소리. 지금도 눅눅한 마루에 앉아 어머니와 나 사이 녹음기를 놓고 녹음하던 일이 눈에 선하다.

그렇게 녹음한 테이프를 나는 시간 나는 대로 들으며 공부했고, 그분들 말 속에 깃든 농경문화의 생활정서를 익혔다.

그러던 중 언젠가 집에 쌓여 있는 책들이 보기 싫어 시골 집에 가져다 놓은 일이 있었다. 봉고트럭을 빌려 2천여 권 되는 책 가운데 천여 권을 버리고, 나머지를 라면 상자에 넣어 시골집 사랑방에 갖다 놓았다. 그런데 아마 그때 그 녹음했던 테이프들이 책 짐 속에 휩쓸려 들어갔던가 보다. 그 후 그 테이프를 아무리 찾으려 해도 찾을 수 없었다. 온갖 기억을 짜내고 있을 만한 곳을 다 뒤져도 소용이 없었다. 마음이 아팠다. 나에겐 무엇보다 소중한 것인데 정말 알 수 없는 노릇이었다. 평소 잘 챙긴다고 한 것이 더더욱 오리무중이 되어 버렸다. 어쩔 수 없었다. 찾기를 포기하면서도 '이상하다. 분명히 어딘가에 잘 두었는데' 하는 생각만은 지울 수 없었다.

그후 세월이 흘러갔다. 그러는 동안 부모님께서 돌아가시고 시골집은 폐가가 되었다. 사랑방에 처박아 둔 책은 쥐와 먼지 등쌀에 어찌할 수 없는 애물이 되어 버렸다.

시간이 갈수록 녹음테이프 생각이 간절했다. 무엇보다 그 테이프를 찾아 부모님 목소리를 한 번이라도 들어보고 싶었다. 그것은 내 가슴 밑바닥에 오래도록 가라앉아 있는 염원이자 고통이었다. 아무리 애를 써도 기억나지 않는 테이프를 찾아야겠다는 고통이었다.

그 테이프를 찾았다.

2017년 4월 시골집에 갔을 때였다. 나는 사랑방에 들어가 책꽂이에 쌓아 놓은 책을 건성으로 훑어보다가 방구석에 있는 라면 상자에 눈이 갔다. '혹 이 구석에 처박혀 있나'하는 생각에 상자를 들어냈다. 큰 상자를 들어내자 그

밑에 먼지와 거미줄이 뒤엉킨 작은 상자가 나왔다. 음료수 상자였다. 순간 이 안에 테이프가 있을지도 모른다는 예감이 들이쳤다. 거미줄을 털고 조심스레 상자를 열었다. 과연, 그 속에 그토록 내가 찾던 녹음테이프 다섯 개가 아무 일도 없었다는 듯 얌전히 들어 있었다. 나는 책 몇 권과 그 테이프를 천안 집으로 가져왔다.

테이프 겉면을 살펴보니 '1993년 7월 23일 녹음'이라고 씌어 있었다. 1993년에 녹음한 테이프를 2017년에 찾았으니, 24년 만에 다시 보는 테이프였다.

그러나 들을 수 없었다. 집에 카세트 녹음기가 없었다. 예전에 그렇게 많던 카세트가 지금은 다 폐기되어 테이프를 넣고 들을 기계가 없었다. 있을 만한 사람에게 전화했지만 그들도 없었다. 혹 학교에는 있을지 모르겠다고 했다. 난 감했다. 테이프를 찾으니 이제 또 생각지도 않은 문제에 부닥친 것이다. 어떻게 해야 하나? 방송국에라도 가야 하나?

며칠 수소문하여 겨우 구했다. 테이프를 넣고 재생 버튼을 누르는데 기대와 흥분으로 손이 떨렸다. 그런데 또 문제가 생겼다. 무슨 일인지 테이프가 재생되지 않았다. 낙심천만 전전긍긍하고 있는데, 그때 문득 떠오른 한 가지 생각. 예전에 카세트가 잘 안 나오면 알콜을 솜에 묻혀 헤드를 청소했던 기억이 났다. 나는 집에 알콜이 없어 소주를 사다 솜에 묻혀 헤드를 닦았다. 헤드에서 검붉은 녹물이 끝도 없이 묻어 나왔다. 카세트를 안 쓴 지 오래되어 녹이 잔뜩 슬었던 것이다.

그렇게 닦아내고 테이프를 넣으니 음성이 재생되었다. 녹음한 지 24년 만에 들어보는 목소리였다. 생전 그대로인 어머니 아버지의 목소리. 그 소리에 따라 묻어나오는 옛 추억들. 순간 눈물이 핑 돌았다. 몸에 오도도 소름이 돋았다. 그런데도 마음은 의외로 담담했다. 어머니 목소리 사이사이 안방 벽시계가 뎅-뎅 울렸다. 아버지 가래침 뱉는 소리, 옆에서 형이 소리치는 소리까지 녹음되어 있었다.

지금은 세상에 없는 분들. 그분들이 살아온 삶과, 우리 식구, 마을 이야기가, 세월에 덮인 뚜껑을 열고 생전의 소리 그대로 풀려나오고 있었다.

나는 카세트에서 풀려 나오는 목소리를 휴대폰에 다시 녹음해 컴퓨터에 저장해두었다. 카세트가 없거나 녹음테이프가 망가져도 염려하지 않기 위해.

살아 있는 사람은 저마다의 추억을 지니고 있다. 추억은 그 사람의 정체성이다. 그런 면에서 추억에는 한 사람의 과거와 아직 살지 않은 그 사람의 미래까지 밀봉되어 있다. 추억은 그 사람의 독자성을 지켜주는 요지부동이다. 추억의 누추함이 그 사람의 누추함인 것이다.

24년 전 녹음한 목소리를 듣고 있는 나를 하늘나라에

계신 부모님은 어떤 표정으로 보고 계실까.

작가와 말

애써 배운 말을 버리는 사람이 작가가 아닐까? 이 말은 곧 작가는 말을 버리면서 다시 배운다는 것이다. 하던 말 또 하고 또 하는 작가가 아니라면, 고인 물웅덩이처럼 정체되어 있지 않은 작가라면, 다시 말해 끊임없이 자기 세계를 열어 가는 작가라면 말이다.

나는 예전에 우리말 공부를 한 적이 있다. 어휘가 풍부하지 않고는 뜻한 바를 표현하는데 어려움이 있어서였다. 십여 년 공들여 공부했다. 그러면서 나는 우리 어머니 아버지들이 쓰는 말을 문학 작품 속에서 다시 만났으며, 우리말에 대해 새롭게 알게 되었다. 쇠임직하다(엇비슷하다), 에지간하다, 시부저기, 청처짐하다, 가물쓰다, 난리통구리에, 직신거리다, 습다둡다, 지랄 정쳤다구, 갱신 못하다, 아글타글, 졸곰졸곰, 발밤발밤, 지싯지싯, 둘치, 몽글다, 갑

치다, 수더분하다, 외착나다, 후지르다, 보고리채다, 맹근하다, 누꿈하다, 새퉁빠진 소리 같은 말들이 그때 내가 만난 말들이었다.

그러면서 나는 우리말의 특성에 대해서도 새롭게 알았다. 우리말은 서양언어처럼 추상적 개념과 논리의 적합성을 드러내기에 적합한 말이 아닌, 어떤 상황을 드러내기에 적합한 말이라는 것이다. 그러다 보니 우리말은 명사보다는 동사와 형용사가 중심이라는 것, 따라서 문장에서도 주어나 목적어보다는 서술어가 중심이라는 것, 그리고 그것을 꾸며주는 부사가 섬세하게 발달해 있고, 종결어미가 다양하게 발달했다는 것이다.

우리말을 공부하면서 나는 한 가지 의무감에 사로잡혔다. 시를 쓰는 사람으로 우리 어머니 아버지 세대의 삶을 시로 남겨 놓아야 한다는 것이었다. 인류는 수천 년에 걸쳐 지속된 농경사회를 지나 산업사회로, 그리고 과학기술 사회로 발전하고 있다. 그런 문명사적 흐름 속에 우리 부모 세대가 농경사회의 마지막 세대이며, 그것을 유년기에 조금이나마 몸으로 겪어 체험한 세대가 우리들로, 우리가 그 농경문화의 맨 끄트머리에 있는 마지막 세대일 거라는 생각에서였다.

그런 문제의식에서 나는 우리말 공부를 했고, 그것을 바탕으로 『그 나라』, 『백제시편』, 『좋은 날에 우는 사람』과 같은 시집을 썼다. 시집 『그 나라』는 나의 유년기적 정서체험을 바탕으로 한 농경사회 문화를, 『백제시편』은 그러한 유년기를 역사적으로 되짚어 올라가면서 만나게 되는 백제 이야기를, 그리고 『좋은 날에 우는 사람』은 실제로 현 시대를 살아가는 부모님 세대의 이야기를 시로 쓴 것이다.

그렇게 시를 쓰다 보니 한 가지 문제에 봉착했다. 시간이 지나면서 내가 공부한 우리말이 나의 시 쓰기에 방해가 된다는 사실이었다. 생활언어이자 민중언어였던 우리말은 부모 세대의 생활 정서를 드러내기에 적합했는데, 그 세계를 지나 다시 현대사회의 복잡한 면면을 시에 담아내려 할 때 적합지 않다는 거였다. 언어와 현실이 충돌을 일으켰다. 언어는 한 세계를 담는 그릇이었으며, 그 언어의 완강함이 앞으로 나아가려는 나의 발목을 잡고 놓아주지 않았다. 고민에 고민을 거듭한 결과 나는 그때까지 공부하고 시로 써온 우리말을 버리기로 했다. 새로운 차원의 시를 쓰기 위해서는 새로운 언어가 필요했던 것이다.

말은 의식의 산물이다. 의식은 존재(현실)에 의해 규정된다. 이 모든 것은 개인적일 뿐만 아니라 사회적이다. 나는 우리말을 공부했고, 그렇게 배운 말을 버렸다. 그러나 버렸다고 해서 완전히 외면하는 것은 아니다. 그 말들은 지금도 내 안의 어딘가에 들어 있어 언제라도 호명해 주길 기다리고 있다. 그리고 나 역시 글을 쓸 때 언제라도 그것들을 불러내 문장의 어느 자리쯤에 적절히 올려놓을까 늘 고민한다.

음수사원이라는 말이 있다. 물을 마시면서 그 물이 어디서 왔는지를 생각한다는 말이다. '어디서 왔는지'는 과정을 말한다. 수도꼭지를 틀면 나오는 물을 당연시 하지 않고 이 물이 어디서 어떤 과정을 거쳐 내 앞까지 왔는지, 그걸 생각해 보는 것이 음수사원이다. 물 한 잔이라도 나에게 거저 올 수 없기 때문이다.

2백 페이지 책 한 권을 만드는데 보통 3m짜리 나무 한 그루가 들어간다고 한다. 씨앗이 땅에 떨어져 나무 꼴을 갖추는데 걸리는 시간은 대략 10년. 그 나무가 온전히 자라 큰 나무가 되는데 걸리는 시간은 30~60년 정도. 나무가 자라서 책이 되어 우리 손에 들어오기까지의 과정을 생각하면 책도 나무도 함부로 할 수 없다.

그러니까 책에는 나무의 씨, 나무의 유전자가 들어 있다고 할 수 있다. 실제로 아르헨티나에서는 읽은 책을 땅에 심으면 나무가 자란다고 한다. 페케뇨 에디토르라는 어린이 출판사에서 'Tree Book Tree' 프로젝트에 의해 만들어진 『우리 아빠는 정글에 있다』라는 그림책에는, 실제로 나무의 씨앗이 들어 있어, 책을 다 읽은 후 땅에 심으면 거기서 나무의 싹이 자란다고 한다.

이 책은 종이에서부터 인쇄 잉크까지 친환경으로 만들었는데, 두 겹으로 된 페이지에 '자카란다'라는 아프리카 벚나무 씨앗을 넣어 바느질로 봉했다고 한다.

책을 읽고 난 어린이가 직접 자기 손으로 읽은 책을 땅에 심어, 물을 주고, 그곳에서 나무의 싹이 나와 자라는 모습을 지켜볼 때의 감동과 신기함은 얼마나 클까? 만일 그 나무가 자라 꽃이라도 피운다면 정말 가슴 벅찬 감회에 말을 잇지 못할 것이다.

전에는 전문가들이 책이나 글에 대한 평을 많이 했다. 시든 소설이든 산문이든 그 분야의 작가나 평론가들이 작품에 대한 자기 견해를 밝혔다. 신문 문화면이나 문학잡지 등에 이런 글이 자주 실렸고, 글을 쓴 작가는 싫든 좋든 자기 글에 대한 평에 일희일비하였다.

지금은 글을 읽는 일반 독자들도 평을 많이 한다. 그 수준도 전문가 못지않다. 책을 읽고 난 감상을 적어 인터넷에 올리는데 읽어보면 내용이 풍부하고 날카롭다. 나도 이따금 내가 쓴 책에 대한 독자의 평을 읽을 때가 있다. 책을 쓴 나 자신도 생각지 못한 부분에까지 이야기하면 솔직히 가슴이 뜨끔해지고 감탄이 절로 나온다. 잘 썼다, 좋다, 같은 긍정적인 평이면 기분이 좋고 그렇지 않으면 속이 께름칙하다. 독자들 한 분 한 분이 수준 높은 비평가다.

이 선생이 어느 날 이런 문자를 보내왔다.

"여덟 살 아들 성민이가 『오리와 참매의 평화여행』을 읽으면서 이야기가 있고 감동이 있다고 하면서, 이 책의 작가는 책을 비틀림 없이 쓴다고 칭찬을 하네요."

『오리와 참매의 평화여행』은 2014년 평화를 주제로 내가 쓴 우화동화이다. 오리를 사냥하던 참매가 사냥에 실패해 오리와 친구가 되면서, '어리'라는 평화마을을 찾아가는 이야기를 담고 있다. 그러니까 위 문자는 그 책을 읽고 여덟 살 난 어린이가 보낸 작품 평이다.

나는 이 문자를 열 번도 더 읽었다.

"이야기가 있고 감동이 있다"는 말에서 그 책을 읽을 때 그 아이의 뇌 속에서 일어난 활발한 인식작용과, 그것이 감성적 영역에 영향을 미쳐 마음에 감동을 일으키는 장면을 상상해 보았다. 그 장면이 마치 어떤 영상을 보듯 또렷이 눈에 그려졌다. 그런데 그와는 다르게 읽고 또 읽어도 선뜻 한 마디로 정리되지 않는 게 있었다.

"책을 비틀림 없이 쓴다."라는 말이었다.

비틀림 없다? 그 아이는 비틀림 없다는 말을 무슨 의미로 썼을까?

비약이 없이 내용의 흐름이 자연스럽다? 줄거리가 복잡하게 꼬이지 않았다? 문장이 멋을 부리지 않아 소박하고 담고 있는 뜻이 정확하다? 주제가 분명하다? 주제와 그것을 뒷받침해주는 여러 소재(에피소드)가 잘 어울린다? 나는 이 점이 궁금하여 다시 문자를 보내 그 말이 무슨 뜻인지 물어 보았다. 대답은 없었다.

내 책에 가장 어린 독자가 가장 많은 의미를 담아 한 평이었다.

　　　　　　내용이 비슷한 책 두 권을 연달
아 읽었다. 공교롭게도 두 권 모두 초등학교 1-2학년, 일
고여덟 살 아이들이 쓴 글 모음집이었다. 한 권은 우리나
라 아이들의 글이고, 한 권은 일본 아이들 글이다. 우리나
라 아이들 글은 초등학교 교사가 여러 학급문집에서 뽑은
일기와 시이고, 일본 아이들 글은 아이들 시에 저명한 작가
가 간단한 도움말을 붙였다.

　두 권을 읽으며 내가 가졌던 관심은 나이가 같은 두 나
라 아이들 글이 어떻게 다를까였다. 이 문제는 책을 다 읽
고 난 후 아이들 상상력은 어디에서 오는가 하는 문제로
좁혀졌다. 정말 아이들 상상력은 어디에서 올까? 아니 그
보다 상상력이란 게 뭘까?

　상상력이란 자아와 외부세계 사이 가로놓인 '벽'이 없을

때 발휘된다. 벽은 성장하면서 두터워지는데 어른이 될수록 그 벽에 가려 상상력은 축소된다. 그 벽을 높고 두텁게 하는 가장 큰 요인은 학교 교육이다. 그 외에 관습, 통례(남들이 그렇게 하니까 나도 그렇게 해야 한다), 법, 질서, 현실, 상식 등이 있는데, 이 가운데 가장 강력한 것은 학교에서 하는 교육이다. 그러니까 어른에 비해 아이들 상상력이 풍부한 것은 그만큼 아이들에게는 그 벽이 없거나 낮고, 외부세계에 대응하는 그들만의 특별한 통로를 가지고 있기 때문이다. 그래서 아이들은 자신과 외부세계를 구분하지 않아 마술적 시야를 갖게 된다. 또 외부세계의 모든 것들이 고유한 생명을 갖고 있다고 믿으며, 모든 일은 그냥 일어나는 게 아니라 어떤 목적을 위해(예를 들어 바람이 부는 이유는 나무의 땀을 닦아주기 위해) 일어난다고 믿는 것이다.

우리나라 아이들이 쓴 글에는 상상력이 빈약했다. 상상력 대신 학교, 학원, 가족의 아픔, 시험, 공부, 집안 일, 친구, 숙제 같은 그 아이의 '현실'이 들어와 있었다. 글을 쓰는 방식도 ~해서 ~했다(슬펐다, 좋았다, 좋겠다 등)는 식으로 단순했다. 일본 아이들이 쓴 글에도 그 아이의 현실이 없는 것은 아니다. 그러나 다음과 같은 시,

눈

우에다 신고(다섯 살)

옷 위에 멈췄다가
안으로 숨었다가
잠들어 버렸다

와 같은, 사물을 바라보는 따뜻한 시선과 상상력이 빛
나는 글을 우리나라 아이들 글에서는 찾아보기 어려웠다.
나이가 같은 아이들인데 왜 이런 차이가 날까? 나는 그것
이 우리나라 아이들이 처한 현실이 일본 아이들보다 더 사
납고 모질기 때문일 거라고 생각한다. 가정이 파괴되고, 일
찍부터 경쟁해야 하고, 일상적 폭력문화에, 남녀 차별에, 이
런 상황에서 자라는 아이들에게 그악스런 현실은 있을지언
정 상상력이 깃들 여지는 없을 거라고 본다.

어른이 되어서도 상상력은 따뜻하고 평화롭고 자유와
여유가 있는 사람의 어깨에 날아와 앉는다. 아이들과 청소
년이 평화롭게 자라야 할 중요한 이유가 여기에 있다.

호랑이를 그리려다

　　시간이 지나면 마음에 고이는 게 있다. 땅 속 어딘가를 흐르는 지하수가 어느 한곳에서 만나 고이는 것과 같다. 여러 해 동안 여러 일을 치르며 살다 보면 그 일과 관련된 감정, 생각, 깨달음 같은 게 시간의 그물에 걸러져 남게 되는 것들이다.

　　고이면 퍼내야 한다. 물은 두레박으로 퍼내지만 마음에 고인 것은 글로 퍼낸다. 그래서 글을 쓴다. 퍼내듯 토해내듯. 처음 쓸 때는 마치 호랑이라도 그릴 것 같다. 그러나 다 쓰고 나서 보면 영락없이 고양이를 그려놓았다. 전심전력을 기울여 썼는데도 그러하다. 처음 그리려던 호랑이는 간 데 없다. 그때의 낭패감이라니. 그런데 이 낭패감이 다음 글을 또 쓰게 하는 원동력이 된다. 다음에는 꼭 호랑이를 그려야지. 그러면서 오늘도 책상 앞에 바짝 다가앉는다.

5부

생활의 온도

생활의 온도

나는 일상생활이 누구를 흉내
내는 것 같다. 은행에 가 일을 보고, 약속 모임에 나가고,
운전하고, 마트에서 물건 사고, 고지서로 세금이나 공과금
내고, 방전된 휴대폰 충전하는 일이 다른 사람들이 하니까
마지못해 나도 따라하는 것 같다. 그런 일이 내 일로 느껴
지지 않는다.

생활에 실체감이 들지 않는다는 말이다. 두 발이 땅에 야
무지게 닿아 대지를 짱짱하게 딛고 서 있는 느낌이 아니
라, 다리에 긴 의족을 달아 공중에 붕 떠서 어기적어기적 걷
는 느낌이다.

그렇게 남들 뒤나 쫓으며 흉내 내듯 살다 보니 생활이
엉성하고 불에 닿은 개가죽처럼 오그라들 수밖에 없다. 신
상품을 잽싸게 구입해 보란 듯이 생활에 이용하는 것도 아

니요, 때 지어 몰려 가는 천만 관객 영화나 드라마를 보고 대화에 끼어든 적도 없다. 그러니 유행이라는 것도 내게는 낡은 옷과 같은 것이요, 첨단이라는 것도 내게는 오래 묵어 누르스름하게 변색된 종잇장 같은 것이다. 그러니까 나는 생활인으로 최소한 도태되지 않는 선에서, 남이 하니까 그 뒤나 따라가며 흉내 내듯 사는 것이다.

삶이 이렇게 겉돌다 보니 생활은 어설프고 누추하기까지 하다. 세상은 하루가 다르게 변하는데 나는 그러거나 말거나 시큰둥한 심사이기 일쑤다. 옷도 입는 옷만 내리 입고 식당도 가는 곳만 가며 차도 20년 넘은 차를 타고 머리도 미장원에 가기 싫어 몇 년 째 내가 자른다. 이런 볼품없는 생활을 온도에 비한다면 몇 도 쯤이나 될까? 20도? 30도? 아무튼 온기라고는 좀체 느낄 수 없는 쌀랑한 냉방 같을 것이다.

그런데 이런 생활을 그나마 유지하는 것은 뭔가가 있기 때문이다. 그게 무엇일까? 나는 그것이 꿈이라고 생각한다. 이 문제에 대해 여러 번 진지하게 생각해 보았는데, 꿈이라는 말 외에 달리 설명할 게 없다. 생활이 꿈을 밀어가고, 꿈이 생활의 방향을 이끌어간다.

내 꿈은 돈이나 출세 명예 권력 같은 것이 아니다. 그런 세속적인 것들에는 비교적 무관심한 편이다. 완전히 그 욕망에서 자유로울 수 없겠지만, 아무튼 그 근처에 가는 것

만도 체질적으로 꺼려진다. 몸에 맞지 않은 옷을 입은 것처럼 어색하고 불편하다.

그동안 내 꿈은 내가 처했던 상황에 따라 달라졌다. 그렇긴 하나 지금까지 나를 이끌어온 꿈은 크게 보아 민중성, 교사로서의 꿈, 글 쓰는 사람으로서의 꿈, 이렇게 세 가지 정도로 이야기할 수 있다. 민중성은 자기 몸을 팔지 않고서는 살 수 없는 사람들의 이익과 권리를 지키고자 하는 꿈이고, 교사로서의 꿈은 학생들과 함께 일구고자 했던 꿈이며, 작가로서의 꿈은 좋은 글을 오래 쓰고 싶다는 꿈이다.

이런 꿈들이 냉기 도는 내 생활의 온도를 높여 주었다. 마치 차가운 온돌을 덥히기 위해 아궁이에 지피는 장작불처럼. 꿈의 장작불이 서툴고 비루하고 좀체 실감나지 않는 일상을 견디게 해 주었다.

꿈으로 덥혀질 때 나는 70도 80도의 피가 도는 정신의 소유자가 된다. 그 때 나의 움츠러들었던 오감은 섬세하게 피어나며, 세계 속에 충만해지고, 비로소 나다워진다. 그러고 보면 꿈은 사람의 일상을 지치지 않게 하는 불굴의 힘이다. 차갑게 떨어지는 생활의 온도를 따뜻하게 감싸주는 보온 통 같은 것이다. 우리 주위에는 존재의 신성함을 갉아먹는 여러 무의미한 것들이 널려 있기에, 우리는 꿈의 불씨가 꺼지지 않도록 바람의 외침을 막아 주어야 한다.

인류가 남긴 모든 정신적 자산은 생활이 따뜻하게 덥혀

졌을 때 나온 산물이 아닌가. 생활 속에서 생활을 넘는 일
이 어렵다.

심심함에 대하여

　　　　　　　　　집 뒤 산에 올랐다가 아는 이를
만났다. 전에 같은 학교에서 근무했던 이다. 나는 산을 내
려가는 중이었고 그는 올라오는 중이었다. 나는 그냥 지
나칠 뻔했는데 그가 나를 용케 알아보았다. 반갑게 악수하
고 바위너설에 엉덩이를 걸치고 앉았다.

　그는 지난해 퇴직했다. 32년 동안 근무한 학교를 떠난
지 7개월째라고 했다. 집에는 부인이 있고 자식들은 모두
집을 떠나 있다고 했다.

　"요즘 가장 힘든 게 뭐예요?"

　"심심한 거지, 뭐."

　애써 웃음 짓는 그의 얼굴에 주름이 자잘했다. 50대 후
반, 세월이 새겨 놓은 눈금이었다.

　"다른 건 다 좋은데, 이놈의 심심한 건 정말 참기 어려
워."

숨을 고르며 그가 혼잣소리로 말했다. 그는 나와 이야기하는 동안 심심하다는 말을 여덟 번이나 했다. 돈은 걱정하지 않는다고 했다. 연금에 아버지한테 물려받은 건물이 시내에 있어 세만 받아도 먹고 살 수 있다고 했다. 건강도 그런대로 괜찮고, 퇴직 후 아내와 여행을 많이 다녔다고 했다. 거의 6개월 동안 국내든 해외든 가리지 않고 다녔는데, 이젠 그것도 지겹다고 했다. 그러면서 어디든 하루 한 시간이라도 와서 수업 좀 해달라고 하면 좋겠다고 했다. 물론 무료로, 봉사하는 차원에서 하고 싶다고 했다.

심심함. 참으로 고약한 괴물임에 틀림없다. 우리가 심심함이란 괴물과 맞닥뜨리게 된 것은 아마도 근대사회 이후부터일 것이다. 심심함은 인간 소외의 결과이다. 자본주의가 발달하면서 인간이 자신의 노동으로부터 소외되기 시작한 이후, 자연을 정복의 대상으로 보면서 자연으로부터 소외되기 시작한 이후, 인간의 생활에 전에 없던 '일상'이라는 것이 자리하게 되고, 그 일상의 한 영역으로 심심함이 파고든 것이다.

심심함은 할 일이 없는 상태, 주고받을 말 상대가 없는 상태에서 온다. 심심함이 길어지면 병이 될 수도 있다. 심심함은 외로움의 다른 표현이다. 심심한 상태가 오래 계속되면 자신의 사회적 의미에 회의를 하게 되고, 그 회의가 깊어지면 우울증 혹은 히치코모리(은둔형 외톨이)가 될 수도

있다. 은퇴자들, 직업 없는 실직자들이 이런 상태에 많이 빠
진다고 하는데, 무서운 일이다.

사람만 심심하다고 난리인 게 아니다. 주변 사물들도
심심하다고 아우성이다. 초등학교 앞에 있는 조그만 게
임기도 심심하다며 아침부터 삐리리 삐리리 전자음을 쏟아
낸다. PC방이나 길 가에 설치된 오락기들도 하루 종일 심
심하다며 현란한 빛을 뿜어댄다. 주인이 출근한 아파트에
선 애완견이 심심하다며 캉캉 짖어댄다. 심심하니 놀아달
라는 것이다.

그런데 이상하다. 사람이나 주변 사물이나 이렇게 심심해
서 아우성인데, 심심함을 주제로 한 안내 책자 하나 없다.
성공과 처세와 자기 계발에 관한 책들은 넘쳐나는데, 심심
함 극복 매뉴얼은 하나도 없다. 그러고 보면 심심함은 사
람이 전적으로 겪어내야 할 괴물인지도 모른다. .

삶이 지속되는 한 심심함은 사라지지 않는다. 분주함의
반대편에 멀찍이 떨어져 있는 심심함. 그 심심함을 극복할
수 있는 방법이 하나 있긴 하다. 홀로 있는 시간을 견딜 수
있는 내공을 평소에 쌓는 것이다. 어떻게? 자기 문화를 가
짐으로써. 자기 문화는 돈으로 살 수 없다. 스스로 밭을
일구듯 평소에 가꾸어야 한다.

이 글을 쓰는 지금, 어디서 날아들었는지 파리 한 마리가 팔에 앉았다 얼굴에 앉았다 한다. 글을 쓰다 말고 물끄러미 녀석을 바라본다. 녀석도 아마 혼자 있기 심심해서 나한테 온 것이리라. 놀아달라고, 팔에 앉아 앞발을 싹싹 비비기도 하고 깨알만한 대가리를 위 아래로 연신 조아리기도 한다.

하지만 파리야, 난 지금 바쁘단다. 딴 데 가서 놀아라.

복
숭
아
사
랑

집 앞 마트에서 복숭아를 샀다.
백도 복숭아였다. 깔밋한 스티로폼 위에 투명 비닐로 야무
지게 포장되어 있는 잘 익은 복숭아가 아니었다. 과일 매대
끝머리 재고 과일로 치워져 있는 복숭아였다. 값을 보니 성
한 것의 1/4. 한눈에 보아도 상한 기미가 거뭇거뭇 묻어 있
었다.

집에 와 복숭아를 물에 씻어 큰 접시에 담았다. 손톱을
세워 껍질을 벗기는데 속살 하나 안 다치고 허물 벗듯 벗
겨진다. 이렇게 얇은 껍질이 어떻게 그 진한 향과 과육과 맛
있는 복숭아의 영혼까지 감싸고 있었는지 신기하기만 하
다. 달큰한 향기는 벌써 진동, 상한 곳을 칼끝으로 발라
낸 후 한입 뭉팅 깨문다. 입가에 주르륵 흘러내리는 단물.

잘 익은 복숭아처럼 자신을 온전히 내어주는 과일은 없다. 배도 수박도 포도도 복숭아만큼 물크러진 사랑을 송두리째 내주지는 않는다. 아무리 그것들이 잘 익었다 해도, 들고 있는 손의 흥건한 단물이 팔꿈치까지 단박에 적시지는 않는다.

씨에 밴 단물까지 핥아 먹으며 아낌없이 주는 복숭아의 사랑에 대해 생각한다. 나는 누군가를 그렇게 사랑한 적이 있냐고. 복숭아처럼 자신의 마지막까지 순전하게 내어준 적이 있냐고. 미리 선을 그어 놓고 그 선 안에서 사랑한다고 하지 않았느냐고.

천재일우

바다 깊은 곳에 거북이가 살았다. 거북이는 오백 년에 한 번 숨을 쉬기 위해 바다 위로 떠올랐다. 그런데 이 때 떠오른 곳에 지푸라기라도 하나 있어야 목을 걸치고 숨을 쉰다. 없으면 다시 물 밑으로 내려가 오백 년을 기다려야 한다.

이쯤 되면 천재일우라 할 만하다. 나는 이 말 앞에서 그만 아득해진다. 위로 떠올라 숨을 쉬지 못하고 다시 밑으로 가라앉아 오백 년을 기다려야 하는 거북이. 죽은 듯 움츠린 채 심해의 밑바닥에 엎드려 있을 거북이.

나는 무슨 일에 조바심이 나 마음이 바람 앞에 팔락대는 촛불처럼 질정할 수 없을 때면, 이 말을 떠올리며 마음이 잠잠히 가라앉을 때까지 기다린다.

세상이 맑아지는 자리

하늘이 담뿍 잿빛으로 흐리다. 바람이 먹구름을 정처 없이 몰아간다. 저 구름 지나는 곳에 비가 올 것이다.

바람이 구름을 몰아가듯 마음이 우리를 몰아간다. 인간의 오욕칠정도 가만 들여다보면 마음에서 일어나는 온갖 작용이 아니겠는가.

그렇다면 대체 마음의 작용은 어떻게 해서 일어나는가. 생각을 감았다 푸는 사이 내가 만난 사람이 시몬느 베이유였다. 그는 이미 내가 품은 의문을 앞서 했으며, 명징한 통찰력으로 그 문제를 세상에 드러내었다.

마음 작용도 사물의 작용과 다르지 않다. 풍선을 예로 들어보자. 바람이 들어 있는 풍선을 한쪽에서 누르면 다른 쪽이 튀어나온다. 누른 만큼의 에너지가 반대쪽에 가해져 그쪽이 그만큼 튀어나오는 것이다. 모든 사물에는 원래 자기 상태를 보존하려는 법칙이 있기 때문이다.

마음 작용에는 두 가지가 있다. 하나는 어떤 사람 마음이 외부의 힘에 의해 상처받게 되었을 때, 상처받은 만큼의 에너지를 타인에게서 가져오려 하는 경우다. 속담에 '한강에서 뺨 맞고 종로에 가 분풀이 한다'는 게 그것이다. 상처받은 만큼 자신에게서 빠져나간 에너지를 다른 사람에게 상처를 줌으로써, 다시 말해 다른 사람한테서 에너지를 가져다 보충함으로써, 그는 자신의 내적 평형을 유지하려 한다.

다른 하나는 외부로부터 받은 상처를 다른 곳에서 보상받지 못할 때 자기 자신한테 보상받으려는 것이다. 노신의 『아Q 정전』에 나오는 아Q 같은 인물이 대표적이다. 아Q는 한족에게 놀림을 당하거나 구타를 당해도, 이른바 스스로 개발한 '정신승리법'을 통해 어떤 상황에서도 늘 승리한다. 헛된 위안, 헛된 상상력으로 자신의 빈 공간을 채우기 때문이다.

타인의 에너지를 가져다 자기의 빈 공간을 채우려는 일이나, 헛된 위안과 상상력으로 자기의 빈 공간을 채우려는 경향은 모두 중력에 무릎 꿇는 일이다. 중력이란 우리 안에 깃들어 있는 저급한 에너지(시기, 질투, 쾌락, 경쟁심 등)로 존재를 끝없이 낮은 곳으로 끌어내리는 힘이다. 앞서 말한

두 경우는 모두 일차적 자기보존 충동에서 조금도 벗어나지 못한 일로, 자신뿐만 아니라 자신을 둘러싼 주변 세계의 표상마저 더럽히게 된다.

그럼 어떡해야 할까? 우리는 자신의 훼손된 내부(상처)를 헛된 위안이나 타인에게 위해를 가해 구하려 하지 말고 훼손된 상태 그대로 견뎌야 한다. 자신의 고통이 한 점 무로 작아져 사라질 때까지, 고통스런 마음의 상태를 응시하며 견뎌야 한다. 누구에게나 있게 마련인 중력에의 끌림과 그 유혹을 의식하고, 그러한 저급한 에너지의 흐름을 멈춰, 고통과 상처가 스스로 내부에서 한 점 무가 되어 사라질 때까지 그 빈 공간을 응시하고 견디는 일, 그리고 그러한 힘을 가질 수 있도록 신에게 간구하는 것(왜냐하면 인간의 힘만으로는 그런 일을 해 내는데 한계가 있기 때문)이야말로 중력을 극복하여 존재를 유지하는 길이다.

세상은 여기서부터 맑아지지 않을까? 우리들이 중력의 작용에서 조금이나마 벗어나 훼손된 내부를 다른 무엇으로 채우려 하지 않고 그 자체를 온전히 응시하며 견딜 때, 그곳에서부터 다른 차원의 세계가 열리지 않을까.

통마음

　　　　　　다른 이들도 그렇겠지만, 나는
마음속으로 아끼는 그 무엇에 대해서는 겉으로 표 나게 드
러내지 않는다. 사람도 그렇고 책도 그렇다. 다른 일들은 후
딱후딱 해치우는 편인데 사람이든 책이든 음악이든 '이건 진
국이다' 싶은 것은 마음속에 무지근히 담아두고 지낼 때가
많다.

　대학 2학년 때 나는 처음으로 마르틴 부버의 『나와 너』
라는 책을 읽었다. 지금은 책 내용도 기억나지 않는다. 다
만 시간이 지날수록 그 책이 진국이었다는 느낌만은 강하
게 들었다. 그러면서 나는 속으로 이따금 '마르틴 부버는
지금 뭐할까? 그 후 다른 책은 안 썼나?' 하는 생각을 하
곤 했다. 그런 식으로 그와의 관계를 30년 이상 지속해 왔
다. 웬만하면 『나와 너』를 다시 구해 읽어봄직도 하련만,

그런 일도 없이 그저 그를 잊지 않는 마음으로 그와의 관계를 계속해 왔던 것이다.

그러다 우연히, 정말 우연히 그를 다시 만났다. 천안 카톨릭 서점에서였는데, 거기 쪼그만 책이 하나 있었다. 56쪽짜리, 제목이 『인간의 길』이었다. 이제부터 하고자 하는 이야기는 그 책에 나오는 것이다.

그 얘길 하기 전 부버와 관련된 이야기 하나만 더 하고자 한다. 어느 날 부버는 대학 연구실에서 글 쓰는 일에 몰두하고 있었다. 한 학생이 찾아와 상담하고 싶다며 시간 내주길 청했다.

"다음에 다시 오면 안 되겠나?"

그 학생은 돌아갔고, 그 날 밤 그는 자살했다. 그런 일이 있고 나서 부버는 철학 교수직을 그만두었다. 한 생명의 절박한 구조신호를 알아듣지 못한 자책감에서였다. 그 후 그는 하느님의 종이 되어 신학을 연구하며 살았다는데, 다음 글은 그의 『인간의 길』에 나오는 한 대목이다.

"루블린의 랍비가 이끌던 하씨딤 중 한 사람이 한 번은 안식일부터 다음 안식일까지 단식을 하였다. 금요일 오후가 되자 목이 말라 죽는 줄 알았다. 그러나 한두 시간만 견디면 될 것을 가지고 자기가 한 주일 내내 해 오던 단식을 망치려 할 판임을 순간 깨달았다. 물을 안 마시고 그

149

냥 우물에서 물러났다. 그러자 어려운 시련의 고비를 넘겼다는 자만심이 느껴졌다. 이것을 깨닫자 그는 '내가 차라리 우물에 가서 물을 먹는 것이 마음을 교만에 빠뜨리는 것보다는 낫겠다'고 속으로 생각했다. 그래서 도로 우물가로 갔는데, 허리를 굽혀 물을 길으려 했더니 갈증이 없어졌다. 안식일이 되자 그는 스승의 집을 찾아갔다. 문턱을 막 넘는데 랍비가 그에게 '쪽모이' 하고 호통하더라는 것이다."

스승이 열심히 단식한 제자를 모질게 다루는 일면이 이 글에 나타나 있다. 제자는 어려운 고행을 해내느라 최선을 다했다. 단식을 중단하려는 유혹을 받고도 그 유혹을 이겨냈는데, 그 고생을 하고 나서 스승에게 받은 보상이라고는 꾸지람뿐이었다. 아마도 제자가 겪은 가장 큰 어려움은 영혼을 압박하는 육신의 힘이었을 것이다. 하지만 제자는 비록 갈등 속에서였지만 그것을 물리쳤다. 게다가 그는 자만에 빠지려는 자신을 깨달아 그것마저 극복하려 하였다. 그런데 스승은 그를 모질게 야단쳤다. '쪽모이'라고. 쪽모이란 갈라진 마음이란 뜻이다.

스승이라고 해서 고행을 반기는 사람은 아니었을 것이다. 그런 만큼 제자의 단식이 그의 호감을 사기 위한 것일 수는 없었고, 제자 자신의 영혼을 더 높은 경지로 이끌어

올리기 위한 것이었을 것이다. 단식이 인격을 도야하는 첫 단계에서는 이런 역할을 할 수 있고, 또 나중에도 삶의 중요한 고비마다 그럴 수 있다는 것을 스승은 이미 알고 있었을 것이다.

그런데 그런 스승이 제자를 야단쳤다. 그것도 아주 모질게! 아마도 스승이 그에게 한 말의 참뜻은, 그런 식으로 해선 더 높은 경지에 이르지 못한다는 것이었을 게다. 제자가 목적을 달성하지 못하게 될지도 모르는 무언가에 대한 경고였을 것이다.

나는 이 글을 읽으며 몸에 전율이 일었다. 왜? 나도 그 제자와 같은 경우가 많았으니까. 그러면서 나는 한 술 더 떠 "인간이니까 그렇지. 범인인 이상 어쩔 수 없잖아?" 하고 자신을 타이르고 위로하며 스스로 합리화까지 했었다.

사실 세상엔 타고나서인지 아니면 혹독한 훈련을 거쳐서인지 갈라지지 않은 통마음을 가진 사람들이 있다. 그런 사람은 보통사람과는 달리 한결같은 마음으로 큰일을 해내는데, 그것은 아마도 그들의 마음이 그렇게 움직여주기 때문일 것이다. 하지만 나 같은 사람은 마음이 장마철에 흐르는 물줄기처럼 이리저리 여러 갈래로 갈라져, 그에 따른 행동도 필연적으로 그렇게 되고 만다. 갈팡질팡하는 마음이 번뇌를 일으켜 갈팡질팡하는 행동으로 나타나는 것이다.

스승은 제자에게 사람은 능히 자기 마음을 하나 되게 할
수 있다는 것을 가르쳐 주고자 하였다. 다시 말해 여러 갈
래로 복잡하게 흐르는 마음도 한결같은 마음이 될 수 있
다는 것을 가르쳐 주려 했던 것이다. 아, 제자는 과연 스승
이 말한 통마음을 갖게 되었을까?

혼자라는 좋은 친구

사람은 언제 혼자일까?

자의든 타의든 혼자 있게 되었을 때, 여럿이 있어도 혼자라고 느낄 때, 치통이든 독감이든 아플 때, 그 아픔이 아무리 사소해도 혼자 앓아야 할 때, 사랑 후 이별일 때, 혼자우산 쓰고 갈 때, 혼자 걸으며 아무 생각도 안 할 때, 외로움을 안고 혼자 잘 때, 어떤 결정을 혼자 해야 할 때, 혼자여행을 떠나거나 돌아올 때, 사람들이 다 내려오는 거리를혼자 거슬러오를 때, 혼자 있어 편안하고 좋을 때, 마라톤코스를 혼자 뛸 때, 내가 짊어져야 할 십자가를 다른 사람과 같이 지지 못할 때, 둘이 주는 위안이 헛되다고 느낄 때,카톡도 SNS도 문 닫아 놓고 있을 때, 몰입할 때, 웃다가문득 내 안의 폐허를 발견할 때, 가을하늘 높이 흐르는 새털구름에 문득 후생이 느껴질 때, 죽음 이후의 길을 가야할때, 늦은 밤 외로움이 늑골을 훑을 때,

이런 때 내 곁에는 혼자라는 친구가 나와 함께 있어 준다, 아니 내가 혼자라는 친구와 함께 있는지도 모르겠다.

모르겠다, 왜 나는 그렇게 혼자라는 친구와 있는지, 그리고 그런 때 마음이 편안해지는지. 아마 격류에 떠내려가는 나뭇조각 같은 내가 물살에 밀려 강가의 풀덤불에 걸렸다고나 할까? 그래서 한 자리에 머물며 물살의 출렁임에 몸을 맡기고 혼자 흔들리고 있는 걸까? 암튼 그 언제부턴가 식탁이든 술집이든 침대나 영화관이든 내 곁에는 늘 혼자라는 친구가 있고, 그래서 마음이 편안하다. 약간 좀 슬프고 외로운 꼴이지만, 그래도 혼자는 내가 무슨 말을 해도 토를 안 달고, 그러니까 자연 혼자에 대해 유감도 없고 상처도 없어 그 친구가 점점점 좋아지고, 지금은 늘 같이 있게 되었다. 혼자는 나에게 힘을 준다. 고요의 힘을, 몰입의 힘을, 성찰의 힘을, 재충전의 힘을. 너무 혼자와만 있으면 그 친구 외에 다른 게 눈에 안 보인다고 하지만, 어쨌든 나는 지금 혼자와 있어서 좋다. 익숙하면 지루해지고 새로우면 불안한 세상에서 어딜 가도 나는 혼자와 함께한다, 무엇보다 혼자와 있으면 난 자유, 자유니까.

외로움에 대하여

　　제목이 『외로움』이라는 조그만 책자를 낸 적이 있다. 온전한 책이라기보다는 메모할 수 있는 수첩에 가까운 크기에 외로움에 대한 단상을 적은 것이었다. 팔리길 기대하고 만든 것은 아니었다. 청소년평화모임 회원들에게 연말에 선물할 생각으로 만든 거였다. 남녀노소를 불문하고 외로움을 겪지 않는 사람은 드물다고 판단해, 주제를 외로움으로 잡았었다. 아래 글은 그 책에 나오는 외로움에 대한 단상을 바탕으로 다시 써 본 것이다.

　주거환경과 생활양식이 바뀌면서 현대인에게는 혼자 있는 시간이 늘고 있다. 그런데 혼자 있게 되면 어김없이 외로움이 찾아든다. 외로움에 젖으면 인생이 공허해지고 슬퍼진다. 친구를 만나 술 한 잔 해도, 일이 있어 밖에 나갔다 와도 그때뿐, 외로움은 사물을 감싸는 안개처럼 우리에게 밀려든다. 혼자가 아닌 여럿이 있어도 힘들다. 피곤하고 짜증나고 여기저기 부딪히고, 그러다 어느 순간 주위가 텅 비었다는 느낌. 외로움은 해일처럼 우리를 삶의 바깥으로 밀어낼 뿐만 아니라, 늪처럼 천천히 가라앉히기도 한다.

모든 존재는 외롭다. 외로움은 모든 것들의 존재조건이다. 외롭지 않으면 그 무엇이 아니다. 이처럼 외로움은 모든 실존의 그림자이다. 그림자가 없으면 죽은 거나 마찬가지이듯, 외로움이 없으면 존재도 없다. 그러니 외로움에 대해 심히 두려워하거나, 거기서 벗어나려고 몸부림치는 것도 잘 생각해보면 이기심의 발로일 수 있다. 왜냐면 그럴 때 만나는 타인은 나의 빈 자리를 채워주는 수단이 될 뿐이니까.

외로움은 혼자 있을 때 느끼는 고통스런 감정이다. 외로우면 슬픔, 그리움, 무력감, 자신이 초라하다고 느낀다. 자기가 버려졌다고 생각되니까. 사람들은 외로우면 자기 삶이 망가졌다고 생각한다. 삶에 실패해서 외롭다고 생각한다. 그게 아닌데도 말이다. 타인과 교류가 없으면 실패자고, 친구가 없으면 뭔가 부족해서 그럴 거라고 생각하는데 그건 그렇지 않다. 그런 사람은 파트너가 생기면 외로움이 저절로 사라질 거라고 생각하는데, 이 역시도 그렇지 않다. 외로움은 망가진 관계가 회복된다고, 다른 사람을 마구 만나고 다닌다고 없어지지 않는다. 만남이 많을수록 외로움이 더 깊어질 수도 있다.

혼자 있는 시간이 많아지니 외로움도 깊어진다. 그런데 사람마다 외로움을 느끼는 정도도 다 다르다. 어떤 이는 외로움을 꿋꿋하게 잘 견디지만, 어떤 이는 관계가 조금만 위축되고 상처받아도 많이 외로워한다. 그러고 보면 외로움은 주관적 감정인가 보다. 신경질과 짜증을 잘 내는 것도 마음의 습관이듯 외로움을 많이 타는 것도 그런 것 아닐까.

여기서 한 가지 생각해 보아야 할 게 있다. 외로움과 고독 말이다. 외로움과 고독은 다르다. 외로움은 자기가 원하지 않는데도 처하게 된 상태이고, 고독은 스스로 원해서 혼자 있는 능동적 선택이다. 인간이 성장하기 위해서는 혼자 있는 시간이 필요하다. 예수님도 하루에 동 트기 전 삼십 분은 늘 무리에서 벗어나 홀로 계셨다지 않은가. 그 시간에 기도하고 자신을 만나셨던 거다.

외로움은 밖의 것을 구하지만 고독은 안의 것을 추구한다. 외로움은 혼자가 되는 것에 대한 두려움이 있지만, 고독은 스스로 혼자가 되길 원하는 거다. 인생을 사는 데는 외로움, 지루함, 실패, 가난, 비참함 같은 걸 견디는 힘이 필요하다. 외로움을 이겨내는 힘은 외로울 때만 기를 수 있다.

혼자서도 잘 사는 법을 배워야 한다. 외로움과 친구가 되는 법을 배워야 한다. 사람은 누구나 '단독자'이다. 개별적이고 주체적인 존재라는 말이다. 이 말 속에는 인간의 삶에는 외로움이 필연적으로 끼어 있다는 거다. 외롭지 않고서는 개별적이고 주체적일 수 없다. 사람은 보통 10대부터 외로움을 느낀다고 한다. 그때부터 몸과 마음의 자립이 시작되니까. 자기만의 방을 갖고 싶고 가족과의 관계에도 변화가 찾아온다. 인생에서 처음으로 고독이란 것을 알게 되고, 그 힘을 키우는 시기가 10대부터다.

혼자 있을 때 자신을 심판하지 말자. 외로울 때 자신을 심판(판단)하면 그 시간이 고문 같아진다. 자책감은 상황이 호전되거나 자신이 성장하는데 아무런 도움이 되지 않는다. 인생을 움츠러들게 하는 가장 좋지 않은 게 자책감과 죄책감이다. 보통의 삶을 사는 우리는 누구에게도, 혹은 신에게조차 자신을 스스로 옭죌 그런 자책이나 죄책을 할 만한 일을 저지르지 않는다. 잘못한 일은 반성하고 다시 반복하지 않으면 된다. 외로우면 스스로가 나약해져 필요 이상으로 심하게 자신을 자책하게 되는데, 그러지 않는 게 좋다.

사람은 누구나 마음의 상처를 받는 순간 바로 마음의

문을 닫는다. 외부 충격에 몸을 웅크리는 달팽이처럼. 그러나 그 순간 마음을 열고 나에게 상처를 준 그 사람에 대해 생각한다면, 그가 지니고 있을 상처를 헤아려 볼 수 있다면, 우린 그를 조금이나마 이해하고, 그가 나에게 상처를 주게 된, 그의 상처를 들여다볼 수 있을 것이다. 이것이 연민 아닐까? 그러고 보면 연민은 그의 상처를 보듬는 일일 뿐만 아니라, 나의 상처 나의 외로움을 치유하는 길이기도 하다.

이미 시작된 4차 산업혁명 시대에 강한 사람은 누구일까? 인간의 일을 기계가 대신하는 시대에 살아남을 강한 사람은 혼자 있는 시간을 잘 견디는 사람이다. 어떤 식으로든 사람은 태어난 이상 굶어죽지 않는다. 사회보장제도가 어느 정도 되어 있어 살겠다는 의지만 있으면 사람은 죽지 않는다. 하지만 그런 사람도 외로움에 죽는다. 누구나 "외로움은 싫어옷" 하지만, 외로움은 싫어할 게 아니라 친구가 되어야 할 대상이다. 혼자 있게 되면, 그냥 혼자 있어라. 모든 인연에도 끝이 있음을 받아들여라. 그리고 기왕이면 휴대폰도 꺼 놓고, TV도 보지 말고 그냥 지내봐라. 조급하게 생각 말고, 지금 아니면 언제 또 이렇게 혼자 있을 수 있나, 하는 마음으로 느긋하게 외로움에 푹 젖어 지내라. 조만간 밖의 것들이 너를 그렇게 있도록 절대 내버려 두지 않을 테니까.

연암 박지원

한 열흘 집에만 있었더니 밖의 바람이 그립다. 이렇게 오롯한 시간을 가져보는 것도 참 복된 일이다 생각하며 혼자 집안에 앉아 생각도 굴리고 책도 읽었다. 시간이 아까워 낮잠도 짧게 잤다. 그러면서 책 한 권을 마쳤다. 연암 박지원의 『연암집』이다.

책을 덮고 기지개를 크게 켠 다음, 밖에 나가 바람이라도 쐴까 술이라도 한 잔 마셔볼까 하다가 문득 글을 쓰자는 흥이 일었다. 지난해부터 시작한 한문 공부가 연암의 산문에 이르렀다. 그렇다고 문리가 트여 제대로 알고 읽은 것은 아니다. 어섯눈에 띄엄띄엄, 그것도 번역된 글을 옆에 놓고 연필로 동그라미 치며 순서를 새겨야 겨우 뜻이 통할 정도로 읽었다.

나는 그와 매일 한 시간씩 여섯 달 정도 만났다. 글로는 그렇게 만났지만 아마도 살아서 만났다면 평생 그분 주위를 맴돌았을 것이다.

내가 아는 그분은 몸집이 퉁퉁하였다는 것, 마흔이 채 되기 전 이미 머리가 하얗게 세어버렸다는 것, 가난하여 굶기를 다반사로 했고, 그럼에도 글에 있어서는 외연히 삼매의 경지에 들어, 누구도 그가 쌓은 높은 성곽에 사다리를 갖다 댈 수 없었다는 것이다.

이루지 못한 뜻은 궁색하기 마련인데 그분의 뜻은 전혀 그렇지 않다. 허균은 자신의 뜻을 펴기 위해 홍길동이란 인물을 만들었고, 연암은 허생을 창조했다. 허균은 도술의 힘을 빌어 뜻을 이루었으나 그분은 그렇지 않았다. 허생은 돈에 뜻을 둔 인물이 아니라 단지 자신의 역량을 세상에 펼쳐 보인 인물이다. 세상을 대하던 그분의 뜻이 소설 속 허생과 같지 않았을까?

누구나 자기를 알아주는 벗을 만난다는 것은 일생의 행운이다. 그분은 나를 알지 못하지만 나는 이제야 그분을 알았다. 그분이 살던 집의 문지방을 번질나게 드나들며 그분과 함께 호흡하지는 못했지만, 그분의 글을 통해 그의 눈매와 한숨과 고뇌의 언저리를 어렴풋하게나마 알 수 있었다.

지금쯤 밖에 나가 바람을 쐬거나 마른 가슴을 술에 적시고 있었을지라도, 아마 나는 그분 생각을 하고 있을 것이다.

그분이 나에게 말한다.

"기운을 아껴 오래도록 만나세."

놀라 돌아보니 책상 모서리에 그분 책이 놓여 있다.

걱정거리

누구에게나 걱정거리가 있다. 어쩌면 걱정거리에 매여 사는 게 인생일지도 모른다. 시간은 걱정거리가 떠내려 오는 강물이다. 수많은 걱정거리들이 시간이라는 강물을 따라 우리에게 밀려온다.

어떤 걱정은 걱정에 그치고 말지만 어떤 걱정은 실제로 치러내야 할 일이 되어 곤혹스럽기도 하다. 어떤 일에든 공짜는 없다. "이 또한 지나가리라"라는 말이 있지만, 세상에 그렇게 공짜로 지나가주는 일은 거의 없다. 사는 일이 다 그렇다. 돈이든 시간이든 에너지든 쏟아 부어야 한고비를 넘기게 된다. 그러면서 인생이 간다. 머리칼이 희어지고 얼굴에 잔주름이 살기살기 얽힌다. 맹자는 이런 걱정을 '하루치의 걱정'이라고 했다. 일조지환(一朝之患). 아침저녁으로 하게 되는 걱정. 살다보면 누구나 하게 되는 걱정이다.

'오만 가지 잡생각'이라는 말이 있다. 사람은 하루에 오만 가지 생각을 한다는 말이다. 이 문제를 과학적으로 알아보기 위해 영국의 뇌과학 연구소에서 실제 실험을 했다. 그 결과 놀랍게도 사람은 하루에 약 오만 가지 생각을 하는 것으로 나타났다. 재밌는 것은 우리나라 사람들은 실험도 하지 않고 일찍이 그 같은 사실을 알아냈다는 것이다. 오만 가지 잡생각이란 말로 그 사실을 정확하게 표현하고 있지 않은가.

맹자는 이어 말한다. 그런 하루치의 걱정에서 벗어나 '평생의 근심'을 걱정하라고. 종신지우(終身之憂), 평생 해야 할 걱정거리라는 뜻이다. 종신지우에 무엇이 있을까? 사회를 변화시키기 위해 어떻게 해야 할까, 가슴에 품은 뜻을 어떻게 실현할까, 참된 인생을 살기 위해 무엇을 길러야 하나? 그러고 보면 종신지우란 재산이나 명예 일신의 안락 같은 개인의 욕망에 따른 근심걱정이 아니라, 대의를 이루기 위한, 평생 가슴에 품고 걱정하며 실천해야 할 것을 말한다. 눈앞에 보이는 것에만 덤벼드는 사람들에게 종신지우가 있을 리 없다. 당신은 가슴에 어떤 종신지우를 품고 있는가?

사람은 살아가면서 자기 삶을 지탱해 줄 어떤 말과 만나게 된다. 그 말은 한 단어일 수도 있고, 한 구절, 한 문장일 수도 있다. 일정한 시기 혹은 평생 삶의 좌표가 되는 말인데, 사람들은 그것을 글씨로 써 액자에 넣어 두기도 하고, 수첩이나 일기장에 써놓기도, 스탠드나 컴퓨터 자판 같은데 붙여 두기도 한다. 눈에 잘 띄는 곳에 놓고 시간 날 때마다 마음에 되새기기 위해서다.

다산 정약용은 오랜 귀양살이로 아들과 함께 하지 못한 미안한 마음을 담아 두 글자를 유산으로 물려주었다. 한 글자는 근(勤)이고 한 글자는 검(儉)이다. 부지런하고 검소하면 어려운 생활을 극복할 수 있고, 집안을 다스리고 몸을 건강하게 유지할 수 있다는 생각에서다.

나도 한때 이 두 글자에 건(健) 자를 더해 한때의 생활

모토로 삼은 적이 있다. 부지런하고, 검소하고, 건강한 것, 이 세 가지가 삶을 살아가는데 필수라는 생각에서였다.

나에게도 스스로를 다잡기 위한 문장이 있었다. 농사일의 수고로움으로 하면 이루지 못할 일이 없다, 와 같은 말들이다. 농사짓는 부모님들이 일하는 모습을 보고 그 정도로 힘을 다해 무슨 일인가 하면 못 이룰 일이 없다는 뜻에서다.

그러나 뭐니뭐니해도 내 인생에 가장 큰 영향을 끼친 한 문장은 다음의 것이다.

"최대의 것에도 억압당하지 않고, 최소의 것에서도 기쁨을 찾는다. 그것은 신성한 일이다."

내가 이 문장을 처음 만난 것은 대학 때 횔덜린의 『히페리온』을 읽으면서다. 그 책 첫머리에 이 문장이 있었다. 이그나시오 로욜라의 묘비명이기도 한 이 문장에 나는 단박에 전율했다. 내가 이 문장을 만난 게 아니라, 이 문장이 나를 오랫동안 기다리고 있었다는 생각에서였다. 세상에, 그어떤 것에도 위압당하지 않고, 아무리 작은 것에서도 기쁨을 발견한다니. 그러한 삶이야말로 어떤 폭압과 위협에도 굴하지 않고 인간의 존엄을 지키며, 하찮은 풀꽃 한 송이

개미 한 마리 같은 미물에서도 인생의 지극한 즐거움을 발견한다는 게 아닌가.

어려운 삶의 고비를 넘을 때마다 나의 삶이 쳐지지 않도록 이끌어 준 불꽃같은 말이다.

비
교
의
함
정

        비교는 서로 견주는 것이다. 여기에 함정이 있다. 상대의 좋은 점과 비교 당하는 사람의 나쁜 점을 견주니까. 그러면 당연히 비교 당하는 사람의 나쁜 점이 도드라지고, 그 결과 분노와 좌절 자존심이 상해 자신의 가치를 스스로 무지른다. 좋은 점을 서로 비교하면 그럴 일이 없다. 예컨대 학생 하나는 공부를 잘하고 하나는 축구를 잘한다면, 공부 잘하는 것과 축구 잘하는 것을 서로 비교하면 문제가 없다. 그러나 우리는 그러지 않는다. 공부 잘하는 아이와 (축구는 잘하지만) 공부 못하는 아이를 비교한다. 그럼 공부 못하는 아이는 죽을 지경이 된다.

  비교의 해악은 널리 알려져 있다. 그래서 웬만한 사람은 자기 자식이나 학생 직장 동료끼리 비교하는 일을 삼간다. 좋은 일이다. 그런데 우리는 다른 것은 몰라도 건강이나 수명 같은 데서는 아직 타인과 비교하는 습성을 못 버리고 있다. 장례식장에서 상주에게 꼭 묻는 말이 돌아가신 분 연세가 어떻게 되셨느냐이다. 그런 후에 사실 만큼 사셨다느니 너무 일찍 돌아가셨다느니 하며 자기 판단을 한다. 사실 망자의 나이가 79세라면, 옛날 같으면 장수한 것이지만 지금 세상에선 약간 좀 서운한 그런 나이다. 그러나 잘 생각해보면 서운할 것도 없다. 이는 본인도 모르게 '백세 시대'라는 말에 영향을 받아 그것을 기준으로 판단한 것이니까.

백세 시대라는 말은 의학의 발달로 사람 수명이 그만큼 늘어난 것을 뜻하기도 하지만, 건강기능 상품이나 보험 등을 노인 대상으로 판매하기 위한 상업용 광고 성격이 강하다.

사람은 누구나 짧으면 짧은 대로 길면 긴 대로 제 명껏 살다 간다. 누구나 태어날 때 받은 기름을 남김없이 태우다 가는 것이다. 그러니 건강이나 수명은 다른 사람과 비교할 게 아니다. 일찍 가면 노년의 고통을 겪지 않아서 좋고, 늦게 가면 그만큼 더 살다 가서 좋다. 좋고 나쁠 게 없다는 말이다.

소에는 털이 많다. 새끼손가락
한 마디 정도 되는 길이에 빛깔은 연황색이다. 소를 보며
가끔 그런 생각을 한다. 소털이 몇 개나 될까? 소털은 셀
수 없다는 말이 있지만, 세자면 못 셀 것도 없겠다. 예전에
어렸을 때 어른들은 톱처럼 날이 있는 둥근 쇠빗으로 소의
잔등을 빗겨 주었는데, 그때 나는 쇠빗에 묻어 있는 털을
세어 본 적이 있다. 가는 털이 머리카락처럼 뭉쳐 있어 세기
어려웠지만 한 올 한 올 세었다.

소털과 관련된 말에 '구우일모'라는 말이 있다. 아홉 마
리 소에서 터럭 한 개, 곧 그 정도로 아무것도 아닌 하찮은
것을 비유하는 말이다.

사마천은 47세 때 한나라 무제의 진노를 사 투옥되었다.

죄목은 무상죄. 무상죄는 없는 사실을 꾸며 황제를 모독한 죄로 사형에 해당하는 중죄였다. 사마천은 사형을 당하든가, 속전 50만 냥을 물고 풀려나든가, 궁형을 당하든가, 이 세 가지 중 하나를 선택해야 했다. 그는 고심 끝에 궁형을 택했다. 어떻게 든 살아남아 아버지의 유지를 받들기 위해서였다. 그때 심정을 그는 「보임소경서」라는 글에 남겼는데, 거기에 '구우일모'가 나온다.

"만약 제가 형벌에 복종하여 죽임을 당한다 하더라도 아홉 마리의 소에서 털 하나를 잃는 것과 같으니, 땅강아지나 개미의 죽음과 무엇이 다를 바가 있겠습니까?"

나는 '구우일모'라는 말에서 꼭 '소털같이 많은 날'을 떠올린다. 그러니까 원래의 뜻인 아무 것도 아닌 하찮은, 이라는 뜻보다 앞으로 남은 수많은 세월을 연상하는 것이다. 아마 단어와 구절의 의미 혼용에서 그런 것 같다. 한 마리 소의 털도 셀 수 없이 많은데 아홉 마리 소털은 얼마나 많겠는가! 그 많은 털 중에서 하나의 털이라니. 그 하나가 바로 오늘이라는 것이다. 그러니 어떤 일을 오늘 못하더라도 초조해하지 말라는 것이다. 앞으로 시간이 아홉 마리의 소털처럼 많이 남아 있으니, 느긋하게 마음먹고 천천히 멈추지만 않는다면 언젠가 끝을 맺게 될 거라는 말이다.

그런 의미로 나는 '구우일모'라는 말의 뜻을 받아들이고 있고, 또 그렇게 사용하길 좋아한다. 이는 물론 잘못된 일이지만 그러나 나는 이 잘못됨이 좋다.

원래 의미보다 "구우일모라는 말도 있잖아? 소털같이 많은 날, 너무 서두르지 말고 천천히 해", 이렇게 쓰는 게 훨씬 좋지 않은가!

농사짓고 살던 우리 부모 세대들은 생활 반경이 기껏해야 반경 50리 남짓이었다. 특별한 일이 있어 아주 멀리 다녀오는 경우도 더러 있었지만, 그런 일은 꿈에 떡 맛보 듯 하는 일이요, 생활의 대부분이 거주지 중심 50리 안팎에서 이루어졌다. 그분들의 인적 네트워크라는 것도 많아야 7-80명쯤 될래나? 마을 사람 5-60명에 일가친척 1-20명쯤이면 그 정도 되는데, 그것도 실은 많이 잡은 편이었다. 그러니까 사는 동네를 중심으로 평생 50리 안팎에서 평생 기 십 명을 알고 살았다는 것인데, 그렇다고 그들이 불행했냐 하면 그렇지 않았다. 서로 위하고 나누고 어울려서 잘 살았다.

요즘은 어떤가? 새벽부터 밤늦게까지 자동차나 비행기가 아니면 가지 못할 곳에, 또 스마트폰이다, SNS다, 몸

과 마음이 사뭇 부산하다. 생활 반경이 늘어나고 아는 사
람이 많아졌지만 속빈 강정이다. 그런 일에 평생의 시간을
다 허비하는 사람이 제일 어리석지 않을까?

무
위
를
살
자

이런 시를 쓴 적이 있다.

공무이 처를 맞아들였다
오래도록 같이 살아 공무의 처는 공무을 닮았다
공무이
인위, 애욕, 쪽 등을 싫어하니
공무의 처도 그러하였다
공무이 새벽에 일어나 줄넘기를 한다
서로 천리 길을 가기 위함이었다
성냥개비처럼 야위어가는 생에
둘도 야위어 문득 하나가 되었다
다른 길을 가면 다른 사람이 된다

　　　　　　　　　　　　－ 졸시 「공무의 처」

이 시에 대해 사람들이 묻곤 했다. "공묵이 뭐냐고?" 그럼 나는 그랬다. "이 시 속에 나와 있다고." 그럼 다시 물었다. 공자와 묵자 아니냐고. 나는 아니라고 했다.

공묵 혹은 공묵의 처가 무엇인지는 중요하지 않다. 이 시에서 그것을 이해할 수 있는 단서가 하나 있는데 "공묵이 / 인위, 애욕, 쪽 등을 싫어하니 / 공묵의 처도 그러하였다"라는 말이다. 인위는 사람의 힘이 가해진 것이고, 애욕은 사람의 좋고 싫어함이요, 쪽은 뭘까? 쪽은 쪼개짐, 나뉨이다. 한 쪽 두 쪽 할 때의 그 쪽이다. 통나무를 원형(자연) 그대로 둔 것이 아닌 쪼개어(인위) 놓은 것이다. 그런 것을 공묵은 싫어하고, 공묵이 싫어하니 그의 처도 싫어한다는 것이다.

무위란 사람의 힘이 가해지지 않은 자연 그대로의 상태다. 무위도식, 무위자연이라는 말이 있다. 다 같은 '무위'인데, 하나는 경멸의 언사요 하나는 궁극의 진리를 담고 있다. 무위도식은 아무 것도 하지 않고 오직 먹기만 하니 '식충이'라는 말이다. 이보다 더 업신여기는 말은 없다. 무위자연은 인간이 언젠가 돌아가야 할 이상향을 기리킨다.

무엇 때문에 사람의 힘이 자연에 가해지는가? 이익과 명예와 권력과 출세를 위해서다. 사람이 평생 부산하게 움직이는 이유는 대부분 이를 위해서다. '인위'란 이를 쟁취하기 위한 사람의 행동이며, 무위는 그런 일을 하지 않는 것이다. 그러니까 무위는 '아무것도 하지 않는 비사회성 소극적 처신'이 아닌, 사리사욕을 위한 인간의 그악스러운 행동을 적극적인 의지로 하지 않는 것이다.

여기서 한 발 더 나아가면 무위는 단순이 그런 상태에 머물지 않고, 자기가 하기 싫은 일을 하지 않는, 그야말로 자기가 좋아하는 일을 하고 싶을 때 하는 차원으로까지 의미가 확대된다.

좋아하는 일을 하고 싶을 때 하라. 이것이 무위이다.